어느 날 아빠가 길을 헤매기 시작했다

어느 날 아빠가 길을 헤매기 시작했다

이재아

도서출판담다

이젠 안녕,
내 최고의 아빠

늘 평온하기만 했던 일상은 아빠가 알츠하이머 진단을 받으면서 변화가 생기기 시작했다. 아빠의 사소한 변화들은 시간이 지남에 따라 일상을 흔들 만큼 커졌고, 나는 하던 일을 중단하고 부모님을 돌보는 데 매달렸다.

아빠는 늘 오가던 길을 헤매기 시작했다. 어느 날은 여러 개의 보따리를 만들어 여기저기 쌓아 놓기도 했고, 밥을 먹기 싫다며 성을 내기도 했다. 시간이 지나갈수록 아이처럼 변했고, 나는 늙고 아픈 부모를 보호하는 울타리가 되어야 했다. 품이 넓고 적당한 온기가 있으며 견고한 울타리. 평생 부모의 보살핌 속에서 살아온 내가 그런 울타리가 된다는 건 감당하기 벅찬 일이었다.

사람은 태어나 부모의 울타리 안에서 먹고 자며 자란다. 그러다가 어떤 순간 부모로부터 독립해야 진정한 어른이 된다. 그 독립의 시기가 누군가에게는 결혼일 수도 물리적 분가일 수도 있는데, 나에게는 아빠의 알츠하이머 진단이 계기가 되었다. 한 사람을 돌본다는 건 내가 중심을 잡고 바로 설 때 가능한 일이었다.

중심을 잡는다는 게 뭘까? 기억을 잃어 가는 부모는 불안에 시달리기도 하고, 이해하기 어려운 행동을 하기도 한다. 나에게 중심 잡기란, 망연자실한 순간에 무너지는 심장을 부여잡고 속으로 눈물을 한가득 쏟아 낸 뒤 마음을 다잡는 것이었다. 때로는 투정 부리는 부모에게 성을 내지 않는 자기 다스림이었다.

혼자 짊어진 짐이 감당할 수 없을 만큼 무거울 때는 타인의 도움을 자발적으로 요청할 줄도 알아야 했다. 그 과정에서 외나무다리를 건너듯 비틀대면서도, 두 팔을 벌려 중심을 잡듯 홀로 서는 것을 깨우쳤고 동시에 '함께'를 배웠다.

나는 미혼이고 부모님과 함께 살았다. 당연히 부모님을 돌보는 일은 내가 해야 한다고 생각했다. 형제 가운데 부모님을 가장 잘 알고 보살필 수 있는 사람은 나라며, 돌봄을 자청했다. 거기에는 부모님에 대한 효심도 한몫했지만, '내 힘으로 해내고 말겠어' 하는 다소 미련스럽고 무모한 결심도 작용했다. 사랑을 받고 살아온 삶은 쉬웠지만, 사랑을 주는 삶은 날마다 벅찼다.

부모님의 식사를 챙기고, 목욕을 시키고, 거동이 불편해진 사람의 손발이 되는 일에는 많은 체력이 필요했다. 아빠의 짜증과 억지가 늘어날 때면 병 때문이라는 것을 이해하면서도 솟구치는 감정을 억눌러야 했다.

　다 해낼 수 있을 것이라는 자신감에 주위에 도움을 요청하지 않고 간병을 시작했다. 부모님을 돌보면서 후회나 미련을 남기고 싶지 않았다. 중간중간 나를 살피는 것도 필요했다. 하지만 나 자신은 뒤로 미루고 부모님 챙기기에 모든 노력을 기울였다. 나도 모르는 사이 집에 묶인 사람처럼 외출도 하지 않았고, 잠시 숨을 돌릴 마음의 여유도 없었다. 아빠의 외래 진료를 다녀오면 이어서 엄마의 외래 진료가 돌아왔다.

이제 좀 해결되었나 싶으면 아빠의 새로운 망상이 시작되고, 엄마의 건강이 안 좋아지거나 계속 예기치 못한 일이 끊이지 않고 발생했다. 모든 시간은 부모님에게 맞추어 돌아갔다. 매일 숨돌릴 틈 없이 지내다 보니 불면증과 우울증이 생겼다. 시간이 흐르고, 마음과 달리 부모님의 건강은 계속 악화되었다. 아빠가 골절로 거동이 불편해지면서 갈수록 심해지는 짜증을 받아 내는 것도 포화 상태에 이르렀다. 언제까지 참아 낼 수 있을까. 부모님을 간병하는 것이 점점 버거워졌다.

예전에 엄마가 먼저 알츠하이머 진단을 받았을 때 국민건강보험 공단에 장기요양등급을 신청하고 4등급을 받았다. 등급을 받은 후 엄마는 바로 재가 서비스를 받을 수 있었다.

1년 뒤 아빠 역시 알츠하이머를 진단받고 등급 신청을 했다. 하지만 6등급을 받았고, 6등급으로는 갈 수 있는 센터가 많지 않았다. 입소가 가능한 곳은 이미 대기 인원이 많아서 언제 다닐 수 있을지 모르는 상황이었다. 아빠는 장기요양등급의 도움을 받지 못하고 지내던 중 심장 수술을 받았고, 이후 재심사로 4등급을 받아 주간보호센터에 다니게 되었다.

두 분의 병세가 점점 안 좋아지면서 엄마는 1등급, 아빠는 3등급까지 등급이 올랐다. 하지만 돌봄 서비스만으로 혼자서 두 분을 돌보기에는 부족했기에 적극적으로 주위에 도움을 요청했다.

저녁 시간에 엄마를 돌보아 줄 간병인을 구했고, 이미 엄마를 돌봐 주던 요양보호사님에게 시간을 좀 더 내어 아빠도 돌봐 달라고 요청했다. 그런 뒤에야 조금의 여유를 가질 수 있었다. 또 우울증을 치료하기 위해 병원에 찾아가 치료도 받았다. 위급 상황에서 "도와주세요!"라고 있는 힘껏 소리를 높여 외치듯, 다른 누군가의 도움을 적극적으로 요청하고 받음으로써 나를 지켜 내고 부모님의 돌봄을 계속 이어 나갈 수 있었다.

인구 노령화가 가속화되면서 돌봄이 점점 더 요구된다. 자식 된 도리로서 본인이 직접 부모님을 돌보는 경우도 많을 것이다. 돌봄에 너무 몰두한 나머지 자신을 뒷전으로 미루는 이들도 있으리라 생각한다.

가족을 돌보는 것도 중요하지만 자신의 건강도 같이 살피라는 말을 전하고 싶다. 내가 바로 서야 누군가를 돌보는 것이 가능하니까.

　돌이켜보면 부모님을 돌본 것은 살아가는 데 커다란 가치가 있는 일이었다. 부모님의 사랑은 공기와 같다. 늘 함께했기에 그 고마움을 알지 못하고 당연하게 여겼다. 하지만 그것이 사라진 후에야 얼마나 크게 삶에 영향을 주었는지 깨닫게 됐다.

　부모님을 돌보기 이전에는 나 자신만 생각하며 살았다. 잘 모르는 사람에게 먼저 말을 건네기를 꺼리고, 몇몇 친한 사람 외에 다른 사람들과는 거의 교류하지 않았다.

늘 받는 것에 익숙했던 나는 수년간 부모님을 돌본 이후에야 주위를 돌아보고 타인을 배려할 줄 아는 사람이 되었다.

'혼자 할 수 있는 돌봄은 없다.'

지금 부모님을 돌보고 있거나 앞으로 이 같은 현실을 마주하게 될 이들에게 이 글이 작게나마 도움이 되면 좋겠다.

감정적인 스트레스, 짜증, 원망 등은 자연스러운 현상이다. 체력적으로 힘에 부치는 상황이 생길지도 모른다. 피로가 누적되어 몸이 먼저 신호를 보내는 순간이 오면 절대 그냥 지나치지 말기를 바란다. 자신을 적극적으로 돌볼 방법을 찾고 주위에 도움을 요청하라고 조언하고 싶다.

서로에게 힘과 용기를 나눌 수 있다면 조금이나마 부담을 덜고 돌봄을 지속할 힘이 생기리라 믿는다.

　돌봄을 시작하면서 부모님과 나는 가장 가까이에서 서로 부대끼며 지낼 수 있었다. 덕분에 그동안 어색해서 말하지 못했던 "사랑해"라는 말도 항상 할 수 있었고, 손도 수시로 잡았으며, 틈만 나면 다정하게 꼬옥 안아 드렸다. 돌봄의 시간은 힘들었지만, 다른 무언가와 바꿀 수 없는 소중한 경험이었다. 두 분과 함께했던 마지막 시간을 꼭 기억하고 싶었다. 이제는 내 안에서 부모님을 놓아 드리고, 새로운 삶을 다시 시작하려고 한다. 두 분이 하늘 어딘가에서 나를 지켜보고 계실 거라고 믿으면서.

이재아

차례

PART 3. 부모의 보호자가 된다는 것

PART 4. 작별 인사 중입니다

PART 1.

아빠가 알츠하이머라니?

해마가 점점
줄어들고 있습니다

　기억 속의 아빠는 늘 한쪽 손에 서류 가방을 든 깔끔한 슈트 차림이었다. 누구보다 멋졌고, 출장에서 돌아올 때면 자식들에게 줄 선물이 꼭 손에 들려 있었다. 참 자상한 분이었고 나에게는 너무나 든든한 버팀목 같은 존재였다.

　해외 출장 가실 때 화장품을 사다 달라고 부탁하면 화장품 종류는 물론 컬러 번호까지 요청한 대로 맞춰서 사다 주실 만큼 섬세한 분이었다. 젊어서부터 각종 스포츠를 즐겨 테니스, 골프, 수영도 잘하셨고, 그림과 서예에도 조예가 깊으셨다. 퇴직 후에는 한시를 공부해서 친구분들을 가르칠 정도로 늘 열정이 넘치셨다. 단 하루도 시간을 허투루 보내는 적이 없는 분이었다.

알츠하이머를 의심하게 된 계기는 이랬다. 어느 날 아버지 친구분에게서 전화를 받았는데, 요즘 들어 계속 같은 말을 반복하거나 약속을 잊어버리는 일이 많아졌다는 것이다. 친구분은 심각하게 생각하지 말라며 안심시키듯 말씀하시면서도 진료를 한번 받아 보길 권하셨다. 설마 했다. 알츠하이머를 진단받으리라고는 꿈에도 생각지 못했다. 그때 친구분의 권유가 없었더라면 병이 훨씬 더 진행된 상태로 병원으로 갔을지도 모를 일이다.

며칠 후 아빠를 모시고 성모병원 정신건강의학과에 가서 검사를 받았다. 검사 당시만 해도 인지능력은 괜찮아 보였다. 여러 가지 검사도 잘 받으시고 MRI 촬영까지 무사히 마쳤다. 일주일 후 검사 결과를 들으러 가는 당일에도 우리는 알츠하이머 진단을 받으리라고는 전혀 예측하지 못했다.

아빠는 말 그대로 지성인이었다. 은퇴 후에도 배움을 멈추지 않을 만큼 정신만큼은 젊고 건강한 청년 같은 분이었다. 의사는 아빠와 눈을 맞추며 편안한 얼굴로 차분히 말씀을 이어 가셨다.

"해마가 점점 줄어들고 있습니다."

"네?"

"선생님 연세도 있으시고 앞으로 기억력이 조금 나빠질 수 있으니 약 잘 드시고 운동도 꾸준히 하셔야 합니다."

아빠는 별것도 아닌 일로 병원까지 왔다고 생각하셨는지 안심하는 얼굴로 진찰실을 나가셨다. 하지만, 아빠가 나가고 문이 닫히자 의사 선생님의 낯빛이 조금 전과 달리 살짝 굳었다.

"따님은 잠시 저와 얘기 좀 나누시죠. 방금 설명해 드린 대로 해마가 줄고 있어요. 갈수록 기억력이 떨어질 겁니다."

그 순간 절망했다. 엄마가 이미 알츠하이머를 진단받은 상태에서 아빠 또한 같은 병이라니.

절대 그럴 리 없다는 강한 부정이 가슴을 뚫고 솟구치는 듯했다. 치료 약도 없고, 점점 자신을 잃어 가고, 본인은 물론이고 주변 가족들에게 너무나 큰 마음의 상처를 주는 병.

늘 반듯하게 살아오신 우리 부모님이 왜 이런 병에 걸려야 하는지 하늘을 원망했다.

알츠하이머는 부모가 자식이 되고, 자식이 부모가 되어야 하는 병이다. 인간은 누구나 늙고 병든다. 타인이나 자식에게 의지해야 할 그날이 누구에게나 찾아온다. 그날이 예고도 없이 갑자기 찾아왔다. 지금껏 기대기만 했던 아빠를 이젠 내가 돌보아야 한다.

우선 이 병을 좀 제대로 알아야겠다 싶었다.

증상을 찾아보니 일단 발병하면 매우 천천히 진행되는 특징이 있다. 초기에는 최근에 한 일을 잊어버리는 등의 이상을 보이다가 차차 언어 기능이나 상황 판단력에 문제가 생기기 시작한다. 인지기능이 하나씩 고장 나면서 결국에는 일상생활이 불가능할 정도의 상태가 된다.

알츠하이머는 인지기능 저하뿐 아니라 성격 변화, 초조행동, 우울증, 망상, 환각, 공격성 증가, 수면 장애 등의 정신행동 증상이 흔히 동반되며, 말기에 이르면 경직이나 보행 이상 등의 신경학적 장애 또는 대소변 실금, 감염, 욕창 등 신체적인 합병증까지 나타난다.

　이때까지만 해도 눈에 보일 정도의 이상행동은 없었기에 병의 진행 상태가 빠르지 않다고 생각했다. 평소 본인 건강을 잘 챙기시는 분이라 약도 잘 챙겨 드신다고 생각했다. 하지만 머지않아 전혀 그렇지 않다는 것을 알게 되었다. 하루는 나를 부르시더니 병원에서 받아온 약이 없어졌다고 하셨다. 얼마 전 3개월 치를 처방받아 왔기에 약 봉투도 크고 약이 많아 눈에 안 보일 수가 없었다. 의아해하면서 방 구석구석을 찾아보니 서랍장 깊숙한 곳에 약이 들어가 있었다.

　"약 여기 있어요. 왜 이리 꼭꼭 숨겨 두셨어요?"
　"아냐, 기억이 없어. 언제 저 안에 뒀지?"

　약을 숨겼다는 것은 병이 천천히 진행되고 있음을 보여 주는 신호였는데, 당시에는 그 사실을 전혀 알지 못했다. 이런 일이 다시 일어나면 안 되기에 약을 직접 챙겨 드리기로 했다.

작은 비닐백에 월요일부터 일요일까지 약을 나눠 넣은 뒤 날짜 순서대로 보드에 붙여 놓고 눈에 가장 잘 띄는 곳에 놓아 두었다. 약이 든 봉투가 비워졌는지 매번 확인했고, 이후로는 빠짐없이 약을 잘 챙겨 드셨다.

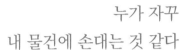

누가 자꾸
내 물건에 손대는 것 같다

아빠가 거르지 않고 아침저녁으로 약을 제대로 챙겨 드셔서 그나마 다행이었다. 알츠하이머는 치료제가 없다. 약은 현재 상황이 더 나빠지지 않게 작은 도움을 줄 뿐이다. 약을 먹어도 병은 계속 진행되기에 조금씩 불안해지기 시작했다. 예상하지 못한 일이 슬금슬금 다가올 수 있다는 생각에 마음 한편에 긴장이 돋아 났다.

어느 날 방에 들어가니 보자기에 싼 보따리 여러 개가 침대 위에 있었다.

"이거 다 뭐 하시게요?"

"중요한 물건들을 챙겨 놓은 거다. 누가 자꾸 내 물건에 손을 대는 것 같다."

당시 엄마는 병세가 좋지 않아 의료용 침대를 사용하면서 아빠와 방을 따로 썼다. 그런데 엄마가 쓰던 침대 위에 보따리가 놓여 있었다. 갑자기 궁금증이 생겼다. 과연 저 안에는 무엇이 들어 있을까? 하지만 멋대로 열어 보지 않았다. 지금까지 부모님은 내 방이나 장을 멋대로 뒤진 적이 없었다. 그렇기에 감히 마음대로 열어 볼 수 없었고, 한동안 별말 없이 지냈다.

가족 누구도 아빠의 물건을 함부로 만지는 사람이 없는데 무슨 일인가 싶었다. 이후 보따리 숫자가 점점 늘어 갔다.

정리 정돈을 강조하셨던 분이라 주변을 늘 깨끗하게 해 놓고 지내셨다. 그런데 언제부터인지 침대 밑, 옷장 안, 책상 옆 등 여러 곳에 예전보다 더 많은 보따리를 숨겨 놓고 계셨다. 그뿐 아니라 방과 책상이 슬슬 어지럽혀지기 시작했다. 하루는 눈치를 살피다가 물었다.

"보따리 하나 열어 봐도 돼요?"

"왜?"

"그냥 궁금해서요. 열어 보면 안 될까요?"

아버지는 잠시 고민하시는 듯하다가 말씀하셨다.

"잘 정리해 놓은 것이니 열어 보고 다시 잘 싸 두어라."

그 안에는 속옷, 양말, 수건이 가지런하게 들어 있었다. 그것을 보고 눈치 없이 웃으며 되물었다.

"짐 싸서 어디 가시려고 그래요? 우리 두고 혼자 어디 가시려고요?"

"비밀이다."

"가르쳐 주시면 안 돼요? 나한테만. 아무한테도 말 안 할 게요."

그런데 표정이 편치 않으셨다. 보여 달라고 조르니 허락은 하셨지만, 찌푸린 이마에서 기분 상한 마음이 느껴졌다.

아버지는 끝까지 보따리를 왜 만들었는지 알려 주지 않으셨다. 보따리를 처음 그대로 다시 곱게 싸서 제자리에 가지런히 두었다. 좀 더 시간이 지난 뒤, 이 행동이 알츠하이머 증상 중 하나라는 걸 알게 됐다. 짐을 싸는 것은 불안증에서 비롯된 행동이었다.

나중에 유품을 정리하는데 계속해서 보따리가 나왔다. 얼마나 불안했으면 이렇게 짐을 여러 개 싸 놓고 계셨을까. 왜 나는 이런 마음을 알아채지 못하고 엉뚱한 소리만 했을까. 아버지 혼자서 불안해했을 그 마음을 왜 일찍 헤아리지 못했을까. 마음이 쓰라렸다.

약속 시간이 지났나?

우리는 같은 스포츠센터에 다녔다. 로비에서 일일 입장권을 받아서 각자 입장하는 방식이었다. 아빠는 주로 목욕만 하고 나오셨는데 로비에서 만나는 시간을 못 지키는 일이 자주 생겼다. 입장하기 전에 시계를 보면서 만날 시간을 정했다.

"시간 어느 정도 필요하세요?"

"음, 한 시간 반 정도?"

"지금 10시니까, 11시 반까지 로비로 나오세요."

혹시 엇갈릴까 봐 걱정되어 늘 약속 시간보다 10분 일찍 나와 기다렸다. 하지만 점점 시간을 지키지 않고 늦게 나오셨다. 어느 날은 만나기로 한 약속 시간을 기억하지 못하셨다.

"만나기로 한 시간이 한참 지났는데, 뭐 하느라 오래 걸리셨어요?"

"약속 시간이 지났나? 몰랐다."

 가끔 시간에 맞춰 안 나오시면 혹시 먼저 가셨나 싶어 남자 로커 앞에서 서성이며 나오는 사람들을 계속 쳐다봤다. 남자들은 밖으로 나오다가 여자가 자꾸 기웃대니 이상하게 쳐다봤다. 이런 일이 점점 더 잦아졌고, 한 시간 넘게 남자 로커 앞에서 기다린 적도 있었다. 하지만 단 한 번도 늦게 나오신 것에 대해 짜증을 내지 않았다. 일부러 그런 게 아니니까, 우리 아빠는 지금 환자니까 하며 이해했다.

"차 가지고 현관 앞으로 올 테니 저 보이면 나오세요."

 현관에 도착하면 바로 알아보고 차를 타셨다. 약속을 잊어버리고 혼자 어디 가지 않으셨으니 다행이라고 생각했다.

하루는 외출하고 돌아와 방에 인사를 드리러 갔다.

"이제 들어 왔니."

웃으며 반겨 주시는데 입고 있는 옷이 영 이상했다. 평소 깔끔하던 모습이 아니었다. 수영할 때 입는 래시가드를 입고 계셨다. 눈이 휘둥그레져 머리부터 발끝까지 훑어보지 않을 수 없었다. 그런 나와 달리 아버지는 기분이 좋으신지 환한 미소를 지으셨다.

"집에서 왜 이 옷을 입고 계세요?"
"이거?"
"평소에 수영할 때 입는 옷인데요."
"그런가? 옷 갈아입으려고 옷장 안을 보니 좋아 보여서 입었는데, 이상한가?"
"아니 전혀, 아주 새로운 패션이에요. 역시 멋쟁이셔."

내색하지 않고 멋진 모습을 사진으로 남기겠다며 '치즈' 하며 웃으시라고 했다. 그러자 천진난만하게 미소를 지으셨다. 겉으로는 웃었지만, 마음은 뭐라 형언하기 어려운 슬픔으로 무너져 내렸다. 변해 가는 모습을 보며 마음 한구석에 금이 가고 서서히 무너져 내렸지만, 한편으로 설마, 혹시, 아닐 거야 하며 억지로 다가올 일들에 조용히 저항하고 있었다.

슬프고 두려우면서도 애써 아무렇지 않은 듯 밝은 미소를 지었다. 그것은 아빠를 안심시키려는 일종의 배려인 동시에 불길한 예감에 대한 외면이었다.

몽둥이로 뭐 하시게요?

"다리가 너무 아프구나."

"무슨 일 있었어요? 어디 부딪치셨어요?"

"저녁밥 먹고 슬슬 걸어 보려고 아파트 입구를 나가는 찰나에 지나가는 젊은 놈이 쓱 다가오더니 다짜고짜 내 정강이를 냅다 차고 도망 갔어. 멍이 들었는지 너무 아프네. 세상에 그런 못된 놈이 다 있더구나."

처음에는 그 말을 듣고 귀를 의심했다. 그 말로만 듣던 '묻지 마 폭행'을 당하신 걸까?

"보여 주세요. 어디가 제일 아프세요?"

하지만 자세히 살펴봐도 다리에 멍든 자국이 없는데 계속 아프다며 같은 말을 반복하셨다. 이상하다고 생각해 경비실에 문의해 보았지만, 경비 아저씨는 어르신이 나가는 것을 본 적 없다고 했다. 아버지는 그 못된 놈 잡아야 한다며 계속 화를 내셨고, 다리도 아프다고 하셨다. 난감한 상황이었다. 화는 가라앉혀야겠고, 다리는 아무리 살펴보아도 큰 상처가 없으니 결국 거짓말을 했다.

"경찰서에 가서 그 못된 놈 잡아 달라고 신고했어요. 경찰에서 CCTV 찾아보고 연락해 준대요. 이제 걱정하지 마세요. 잡아다가 혼쭐을 내 줄게요."

"그래? 네가 신고했냐? 잘했다. 이제는 좀 안심이 되는구나."

"아픈 데 보여 주세요. 약 바르고 파스 붙여 드릴게요."

"좀 덜 아프시죠? 이제 점점 좋아지게 되실 거예요."

내가 한 거짓말 때문일까. 그날 이후 더는 다리 아프다는 말을 하지 않으셨고, 당신을 때리고 도망간 못된 놈 얘기도 하지 않으셨다.

그날의 행동이 알츠하이머 증상 중 하나인 망상의 시작이었는데 그때는 병 때문이라는 것을 몰랐다. 왜 말이 안 되는 소리를 자꾸 하는지 의아할 뿐이었다. 비록 거짓말을 했을지언정 기분을 풀어 드리고 마음의 안정을 찾아 드려 다행이라 여기며 넘어갔다. 한고비, 한고비 넘어가는 일상이 이어졌다.

그즈음부터 이상한 행동이 차츰차츰 늘어나기 시작했고, 안색이나 사소한 동작을 예전보다 자주 살피기 시작했다. 방에서 아무 소리가 들리지 않고 조용하면 무얼 하고 계시는지 문을 열어 확인했다. 조금씩 이상함을 감지하고 지내던 중 침대에 누워 계시는 아버지의 베개 옆에 작은 몽둥이가 보였다.

"이 몽둥이로 뭐 하시게요?"
"밤마다 이상한 사람이 방에 들어와 자꾸 귀찮게 굴어서 한 대 때려 주고 내쫓으려고."
"대체 몇 명이 오는데요?"
"한 놈일 때도 있고, 여러 놈일 때도 있어."

"밤마다 싸우느라 우리 아부지 잠도 잘 못 주무시겠네요."

공구함을 찾아 아빠가 아껴 사용하시던 망치를 들고 왔다. 어떻게든 불안한 마음을 없애고 편하게 주무실 수 있게 해 드리고 싶었다.

"이런 몽둥이 정도로는 어림도 없어요. 망치 정도는 되어 야 안심이 되죠. 그래도 그놈들이 계속 나타나면 말씀하세 요. 다음에는 이것보다 더 센 걸로 갖다 드릴게요. 우리 집 에 공구 많은 거 아시죠? 걱정하지 마세요."

망치를 머리맡에 놓아 드렸다.

"그래 이 정도는 되어야지, 하하! 역시 내 딸 못 말리겠구 나. 아주 잘 가져왔다. 이제부터 편히 자겠다."

가져다드린 망치 덕분인지 이상한 놈들이 보인다는 말씀 이 많이 줄었고, 잠도 예전보다 편히 주무셨다.

아빠는 워낙에 꼼꼼한 성격이라 지갑과 시계를 늘 한 자리에 두시는 분이었는데, 어느 순간 물건을 어디에 두었는지 기억하지 못하는 일이 많아졌다. 그럴 때마다 꼭 나를 찾으셨고, 매번 기가 막히게 잘 찾아 드렸다.

"내 시계 못 봤냐? 분명 제자리에 두었는데 찾지를 못하겠구나."

"여기 있는데요."

"너는 내가 못 찾은 걸 어쩜 그리 잘 찾냐?"

"저 물건 찾는 달인이잖아요. 엄마 물건도 내가 다 찾아드렸잖아요. 앞으로 물건 어디에 두었는지 기억 나지 않으면 말씀하세요. 다 찾아 드릴게요."

"그래, 알겠다."

이런 일이 여러 번 반복되다가 나중에는 시계를 내게 맡기셨다.

"시계를 어디에 두었는지 모르겠다."

그때마다 팔에 찬 아빠 시계를 들어 보이며 잘 볼 수 있게
해 드렸다.

"시계는 여기에 있지요."

"맞아, 너한테 가지고 있으라고 했지. 맡겨 두었으니 안심
이다."

1번 출구 보이시죠?

조금씩 변화가 생기는 것을 느낄 때마다 이 상태에서 더 나빠지지 않기를 바라며 하루하루를 보냈다. 아빠는 자신감 넘치는 분이었는데 관공서에서 오는 서류가 있으면 나를 통해서 다시 한번 내용을 확인하셨다. 어딘가 모르게 소극적으로 변한 것을 느낄 수 있었고, 운전도 점차 기피하셨다. 그래도 혼자 친구분들 만나러 외출도 하셨고, 스포츠센터도 슬슬 걸어서 다니셨다. 엄마와 함께 근처 학교 운동장에서 산책도 하셨다.

나는 당시 집 가까이에 오피스텔을 얻어 해외 구매대행 일을 작게 하고 있었다. 보통 오전 9시에 출근하고 오후 4시 정도에 퇴근하는 일상이었다.

하루는 일하고 있는데, 갑자기 전화가 왔다.

"집에 들어가야 하는데 비밀번호가 갑자기 생각이 안 난다. 뚜껑을 위로 올렸는데 불도 안 들어온다. 이거 어쩌면 좋으냐?"

문이 안 열리자 당황해 여러 번 눌렀는데 번호가 계속 틀려 잠금이 걸린 것 같았다. 이런 경우 보통 10분 정도 기다렸다가 다시 번호를 입력하면 문이 열린다. 그런데 번호마저 눌리지 않으니 아무 생각이 나지 않으셨던 모양이다.

"아무 번호도 누르지 말고 잠시만 계셔 보세요."
"현관 비밀번호도 잊어버리고 정말 쓸데없는 인간이 됐어."

아버지는 갑자기 자신을 탓하기 시작했다.

"저도 한 번에 안 열리면 당황해서 여러 번 눌러요. 그런 말씀 마세요. 근데 어디 다녀오시는 길이에요? 볼일은 다 보셨고요?"

이런저런 이야기를 하면서 시간이 흐르기를 기다렸다. 다시 비밀번호를 알려 드리자 전화기 너머로 '띠리링' 하며 문이 열리는 소리가 들렸다.

"이제 열렸다. 걱정하지 마라. 나 들어간다."
아빠는 무사히 집으로 들어가셨다. 나중에 또 이런 일이 생기면 꼭 전화하라고 말씀드렸다. 하루는 집에서 좀 멀리 떨어진 곳에서 친구와 만나고 있는데 전화가 왔다. 놀라서 어찌할 바를 몰라 하시는 것이 느껴졌다.

"내가 있는 여기가 어디인지 모르겠다. 이를 어쩌면 좋으냐?"

그 말을 듣는 순간 갑자기 정신이 멍해지고 심장이 마구 뛰기 시작했다. 혹시 집 주변이 아닌 어디 다른 곳에서 배회하고 계시는 건 아닌지 걱정이 앞서 계속 통화를 이어 갔다.

"지금 주변에 뭐가 보이세요? 바로 보이는 거 말씀해 주세요."
"부동산이 보이고 다른 건 모르겠어."

말씀하시는 장소를 들어도 어디인지 알 수가 없었다.

"이번에는 천천히 뒤돌아보세요. 이제 뭐가 보여요? 혹시 지하철 입구는 안 보여요?"

"보여, ○○역이야."

멀리 가신 것은 아니라서 일단 안도했다.

"○○약국 보여요?"

"어, 맞은편에 약국 보인다."

"걱정하지 마세요. 출구를 잘못 나가신 거예요. 우리 자주 가는 1번 출구 기억 나시죠?"

"1번 출구? 그럼, 거기는 알지."

"계신 곳에서 지하철 내려가는 입구 쪽으로 걸어가 보세요. 전화 끊지 마시고요."

"이제 입구 앞까지 왔다."

"길 건너편에 1번 출구 보이시죠?"

"아, 저기 보인다."

"그 출구 쪽으로 건너가야 해요. 천천히 조심해서 계단 아래로 내려가 보세요."

"이제 1번 출구로 나왔다."

"거기서 우회전한 다음 앞으로 쭉 걸어가 보세요. 이제 기억 나세요?"

전화는 한동안 아무 소리 없이 고요했다. 아주 잠깐이지만 별별 생각이 다 들었다. 제대로 나가셨을까? 그 짧은 침묵 동안 피가 마르는 느낌이었다.

"이제 어디인지 알겠다. 집에 잘 찾아 들어갈 수 있으니 이만 끊자."

"조심해서 들어가시고 10분 뒤에 다시 전화할게요."

잠시 후 전화해 보니 집에 잘 도착했다고 하셨다. 처음 겪는 일이라 그날 정말 많이 놀랐다. 그나마 동네 근처에 계셨고 바로 전화하신 것이 얼마나 다행인가 싶었다.

한편으로는 나도 모르는 장소에서 전화했더라면 어땠을까 하는 생각에 긴장감이 엄습했다.

그러다 보니 어느 순간부터 사람들과 약속을 잡고 만나기가 꺼려졌다. 어디를 가도 모든 신경이 집과 아빠에게 쏠려 있으니 동네 근처에 잠깐 나가는 것도 피하게 되었다.

PART 2.

점점 뒤바뀌는 우리

마지막 여행

부모님이 오래 타고 다니시던 차를 바꾸었다. 차도 바꾼 김에 여행 가자는 얘기가 나왔다. 5월이라 날씨도 좋으니 엄마 고향 강원도로 1박 2일 여행을 가기로 했다.

엄마는 거동이 불편해 누군가가 부축해야만 걸어 다닐 수 있었다. 이에 더해 알츠하이머에 걸리면서 요실금도 생겼다. 다행히 아빠는 본인의 짐을 잘 챙기셨고, 나는 디펜드, 방수 패드, 옷 등등 엄마의 짐을 한가득 챙겼다.

산들바람이 차 안으로 솔솔 불고, 오뉴월 햇살은 따뜻했다. 경치 좋은 곳으로 가족 여행을 떠나는 설렘이 일면서도, 마음 한편에는 커다란 돌 하나를 얹고 가는 듯했다.

출발 전날까지 아빠는 짐도 잘 챙기고 건강했는데 출발 당일 컨디션이 안 좋았다. 여행 전에 거동이 불편한 엄마만 신경을 썼는데, 여행을 취소해야 하나 걱정이 됐다.

"힘드시면 가지 말까요?"
"아니다. 엄마가 저리 좋아하는데, 가야지."

우리는 강원도로 출발했다. 천천히 고속도로를 달리면서 바깥 구경을 하고, 휴게소가 보이면 내려서 커피를 마시며 잠시 쉬기도 했다. 아빠도 점점 컨디션이 회복되는지 기분이 좋아져 웃기 시작했다. 이동하는 중에 횡성 표지판이 보이자 엄마가 말했다.

"우리 횡성에 가서 고기 먹고 가자."
"아빠, 어떠세요?"
"그래, 그거 좋지."

톨게이트를 빠져나와 지나가던 중 식당을 발견하고 안으로 들어갔다. 고기, 상차림을 따로 주문하는 정육식당이었다.

우리는 등심, 안심 등 여러 가지 고기를 주문했고, 나는 고기를 굽기 시작했다. 출발하면서 기운이 없어 보이던 아빠도 고기를 드시고 기운이 나셨는지 이때부터 우리를 챙겨 주셨다.

"여보, 고기 더 드시게. 상추도 더 드시고. 여기 밑반찬도 다 맛있구려."

"재아, 운전하느라 고생하니 더 많이 먹어라."

엄마도 계속 내 앞에 고기를 놔 주셨다.

계산을 하는데 식당 주인이 우리를 보며 물었다.

"친정 부모님이세요?"

"네, 그런데요."

"싹싹한 게 딸 같았어. 앞으로도 이렇게 자주 부모님 모시고 다녀요."

"감사합니다."

식당을 나오려는데, 아빠가 옆에서 말을 이으셨다.

"우리 딸이 운전해서 여기까지 왔어요. 효녀죠?"
"네, 너무 보기 좋아요. 또 오세요."

식사를 마치고 동네를 천천히 걸으며 소화도 시키고 근처 시장도 구경하다가 다시 속초를 향해 출발했다. 가는 중간 중간 과속 단속 구간이 아니면 속도를 냈다.

"이제 좀 달립니다. 속도 올라갑니다."

빠르게 달리면 어느 순간 부모님은 창가에 있는 손잡이를 꼭 잡고 계셨다. 그러다 속도가 느려지면 조용히 말씀하셨다.

"속도가 좀 빠르다, 허허."
"새 차 길들이려면 속도 올려서 달려 줘야 해요."
"우리 딸이 속도 내는 걸 아주 좋아하는구나."
"저 베스트 드라이버잖아요."

드디어 목적지인 속초에 도착했다.

"오늘 종일 운전하느라 고생 많았다. 수고했다."

  방에 들어가서 일단 두 분을 침대에 눕게 해 드렸다. 가져 온 짐을 풀고, 창문을 모두 열어 밖을 내다보았다. 시야가 탁 트였다. 파란 잔디가 뒤덮은 드넓은 땅 위로 푸릇푸릇한 나무들이 바람에 넘실대는 모습, 컴퓨터 바탕화면에서 보던 풍경이 눈앞에 펼쳐졌다.

"여행 오기를 정말 잘했구나. 서울을 벗어나니 이렇게 좋구나. 다 재아 덕분이다."
"고생은요. 두 분이랑 같이 오니 너무 좋아요."
"둘째 딸 덕분에 기분 전환도 하고 기분 좋네."

  엄마는 아빠에게 바통이라도 이어받은 것처럼 말을 이었다. 우리는 잠시 방에서 쉬다가 저녁을 먹기 위해 가까운 시장으로 출발했다. 여러 가게를 둘러보다가 엄마가 한 곳을 선택하고 질 좋은 대게를 고르기 시작했다.

"어서 오세요. 어떤 걸로 드릴까요?"

"저 뒤에 큰 거요."

"이거요?"

"네, 꺼내서 보여 주세요."

"우리 어머니 눈썰미 좋으시다. 아주 싱싱한 걸로 잘 고르셨네요."

"가격 잘 좀 해 줘요. 나, 강릉 사람이에요."

"같은 강원도 사람인데 잘해 드려야지요."

엄마의 흥정 덕분에 좋은 가격에 대게를 주문했다. 대게를 찌는 동안 서비스로 주신 여러 가지 해산물과 밑반찬 등을 먹으면서 기다렸다. 드디어 주문한 대게가 나왔는데 크고 살이 꽉 차 있었다.

"엄마 아빠, 집게살 먼저 드세요."

"너 먼저 먹어라. 오늘 운전하느라 고생했으니 많이 먹어라."

"오래만에 먹는 대게니까 많이 드세요."

두 분은 계속 접시를 내 앞으로 밀어 주셨다. 우리는 볶음밥까지 알차게 비벼 먹고 식사를 마쳤다. 간만에 부모님이 맛있게 잘 드시는 모습을 보니 흐뭇했다. 슬슬 어두워져서 내일 아침에 먹을 빵이랑 떡 같은 먹거리를 산 뒤 콘도에 돌아왔다. 두 분은 침대에 주무시게 하고, 나는 작은 방에 들어가 이불을 깔고 일찍 잠을 청했다. 자리에 누우니 피곤함과 긴장이 풀렸는지 금방 잠이 들었다. 다음 날 아침 일어나 밖으로 나가니 부모님이 거실에 계셨다.

"안녕히 주무셨어요?"

"너랑 엄마 얼굴이 똥똥 부어서 호박 할미가 되었다." 아빠는 큰소리로 껄껄 웃으셨다.

"난 피곤하면 잘 부어." 엄마는 아무렇지 않다는 듯 답하셨다. 평소에 잘 붓지 않는 나는 퉁퉁 부어 있는 내 얼굴을 보고 깜짝 놀랐다.

"양쪽 쌍꺼풀이 다 없어졌어요." 서로 한바탕 크게 웃었다.

어제 사 둔 먹거리로 간단하게 아침을 해결하고 강릉으로 향했다. 엄마는 장을 보러 다니는 것이 소소한 즐거움이었는데, 거동이 불편해지면서 그나마 다니던 마트도 자주 못 가다가 고향 전통시장에 오니 기분이 좋으셨다.

장을 보고 서울로 올라오는 중간에 휴게소에 들렀다. 엄마가 화장실에 가고 싶다고 했다. 어제부터 운전하고 부모님을 챙기느라 피곤한 상태에서 엄마를 부축해 화장실로 가고 있는데 그만 소변이 새고 말았다. 일단 엄마를 화장실 근처에 모시고 차를 향해 뛰었다.

빨리 옷을 갈아 입혀야 한다는 생각에 숨이 차서 헉헉거리면서 옷가지와 물티슈, 디펜드 등을 챙겨 장애인 화장실에 같이 들어갔다. 먼저 변기를 깨끗하게 닦은 뒤 앉혀 드렸다. 엄마도 조금은 나를 도와주어야 하는데 거동이 불편하니 할 수 있는 것이 별로 없었다. 쭈그리고 앉아 축축해진 바지를 내리자 소변이 가득 찬 디펜드가 나왔다. 말없이 디펜드를 치우고 엄마를 닦기 시작했다. 평소에는 팬티형 디펜드를 했지만, 용량이 부족할 것 같았다.

"엄마, 이제 장시간 차를 타야 하니까 디펜드 큰 걸로 하자."

그러자 엄마는 갑자기 버럭 화를 냈다. 그 순간 너무 놀라 화장실 바닥에 털썩 주저앉아 버렸다. 소변이 샌 것도 창피

한데 큰 것으로 교체하자는 내 말이 엄마의 자존심을 건드린 것이다. 엄마는 완강하게 거부했다.

"그거 싫어. 내가 애야? 싫다고."
"싫다는데 얘가 왜 자꾸 이래?"
"평소에 하던 팬티형 디펜드, 그거 당장 가져와."

엄마에게 화를 낼 수는 없고 마음이 답답해졌다. 우리 둘은 화장실 안에서 한참을 옥신각신했다. 어떻게 설득해야 할까? 우선 내 마음을 먼저 가라앉히고 부드러운 말투로 달래기 시작했다.

"한 번만 큰 걸로 하면 안 될까? 차도 새 차인데 새면 안 되잖아?"
"집에 가서 바로 갈면 되잖아?"
"집에 빨리 도착하게 할게."
"엄마가 내 부탁 한 번만 들어주면 안 될까?"

여러 번 설득 끝에 엄마는 드디어 못 이기는 말투로 겨우 대답했다.

"알겠어."

둘이 한참 실랑이하고 화장실을 나오는데 온몸의 기운이
다 빠져나가는 느낌이었다.

엄마를 챙기고 나니 그제야 아빠가 생각났다. 이 와중에
우리를 찾아 다니는 것은 아닌지 걱정이 되었다. 다행히도
아까 쉬고 있던 그 자리에 계속 앉아 계셨다. 우리는 휴게
소를 출발해 집으로 향했고, 무사히 집에 도착했다.

이 여행이 부모님과 함께한 마지막 여행이 될 거라고는
꿈에도 생각하지 못했다.

머리야 자라면 되지

알츠하이머 증상이 시작되면서 아빠는 이발해야 할 때를 잊어버리고는 했다. 언제나 말끔하고 단정했던 분이 머리가 길어 덥수룩해져도 모르셨다.

"요즘 이발 안 하세요? 머리가 많이 길었는데요."

"그래? 머리가 그렇게 길었어?"

"다니던 이발소 안 가세요?"

"길도 건너야 하고 멀어서 가기 귀찮아."

"그럼, 저랑 같이 가요."

다니던 이발소가 어딘지 여쭈었다. 큰길 건너 어느 건물 지하로 내려가 안쪽 깊숙한 곳에 있다고 했다. 하지만 정확

한 위치를 모르기에 일단 집 주변 남성 전용 이발소에 모시고 갔다. 도착하니 여자 원장님이 손님들 이발을 하고 있었다. 그날 기분이 안 좋았는지 불만 가득한 얼굴로 말 한마디 없이 마구 머리를 자르기 시작했다. 그 모습을 지켜보다가 영 마음에 들지 않아 한마디 했다.

"옆머리는 그만 자르면 어떨까요?"
"이렇게 안 자르면 균형이 안 맞아요."

한마디 한 것에 기분이 상했는지 더 자기 마음대로 머리를 잘랐다. 샴푸하는데도 우악스럽게 거품을 내고 거칠게 헹군 뒤 대충 머리를 말려 놓고 퉁명스럽게 말했다.

"이제 다 끝났어요."

아빠는 조심성이라고는 없는 거친 손길에 머리를 맡긴 채, 부동의 자세로 눈을 지그시 감고 있을 뿐이었다. 예전이라면 이런 상황에서 한마디 하셨을 텐데 내색이 없으시다. 차츰 기억뿐 아니라 자기감정을 살피기 어려워지는 건가.

감정이 흐릿해진다는 건 일상에서 오늘과 내일 날씨가 같고, 계절감이 사라지는 것일 텐데. 미세하게 변해 가는 모습에 또 마음 한구석이 저릿했다.

집에 들어가려고 엘리베이터를 타자 거울에 비친 아빠가 보였다. 옆머리를 확 잘라 버려 촌스러워진 머리, 손을 쓸 수도 없는 모습을 보고 있자니 속상함에 가슴을 치고 싶은 심정이었다. 내가 아빠의 머리를 망쳐놓은 듯했다.

"괜히 저 이발소에 모시고 가서 머리 마음에 들지 않게 해 드려서 죄송해요."
"머리야 자라면 되지, 괜찮다."

이후 머리를 어디서 어떻게 자르면 좋을까 계속 고민하다가 엄마와 내가 다니는 미용실 원장님에게 여쭈어보았다.

"젊은 사람 머리는 안 잘라도 어르신 머리는 잘 잘라요. 언제 한번 모시고 오세요."

이 말을 듣고 이제부터 머리는 여기서 잘라 드려야겠다고 마음먹었다. 그런데 이곳은 미용실이 아닌가. 여자가 많은 곳인데 아무 말 없이 따라오실지, 나를 믿고 여기서 머리를 자르실지 염려가 되었다. 그렇게 고민하는 동안 머리가 어느 정도 자라 이발할 시점이 다가왔다. 먼저 최대한 손님이 적을 시간을 골라 예약했다.

"벌써 머리가 많이 자랐어요. 이발할 때가 된 것 같은데요?"

"그래? 벌써 이발할 때가 되었나?"

"지난번 남성 전용 이발소에서 머리 너무 밉게 잘랐잖아요? 그래서 새로운 곳을 알아 놓았어요. 저랑 같이 거기 한번 가 보시면 어때요? 제가 다니는 곳이라 원장님도 잘 알고 엄마도 여기서 머리하고 마음에 들어 했어요. 그런데 여자들 가는 미용실이에요."

"미장원 말하는 게냐?"

혹시나 싫다고 하실까 봐 엄마의 힘을 빌리기로 했다.

"엄마, 아빠 머리 잘라야 하는데, 우리 다니는 미용실 알죠? 거기 모시고 가려고요."

"잘됐네. 거기 원장님 무지 꼼꼼하고 실력도 좋으니 다녀오세요."

엄마가 맞장구쳐 준 덕분에 마음 편하게 출발했다. 원장님은 다른 예약은 받지 않고 기다리고 계셨다. 미용실에 처음 온 아빠가 불편하지 않도록 배려해 준 것이다. 들어가자마자 원장님은 잔잔한 미소로 자리로 안내했고, 아빠는 아무 말 없이 의자에 앉으셨다.

"안녕하세요? 어서 오세요."

이발하는 동안 말없이 눈을 감고 계셨다. 원장님은 조용조용 정성을 다해 머리를 잘랐다. 그리고 조심스럽게 내게 물었다.

"아버님 눈썹도 좀 정리할까요?"

그 말에 고개를 끄덕였고, 유난히 숱 많고 길었던 눈썹도 깔끔하게 정리해 주셨다. 지금까지 보았던 머리 스타일과는 조금 달랐지만 단정하면서도 잘 어울렸다. 나중에는 염색도 하고 앞머리 흘러내리지 말라고 살짝 핀컬 파마도 하는 등 점점 더 멋쟁이가 되었다. 미장원에서 나올 때마다 우리는 언제나 즐겁게 웃으면서 집으로 왔다. 이후 점점 더 기억이 안 좋아졌음에도 미용실은 또렷하게 기억하셨다.

"머리 자르러 가야죠?"
"내 머리 자르는 곳은 저기 두 번째 골목에서 좌회전해서 가면 있지? 늘 친절하게 잘 대해 주고, 실력도 좋아서 머리도 아주 잘 잘라."

감각이 희미해지고 기억이 조금씩 사라진다 해도 환대받고 좋았던 기억만큼은 쉽게 잊히지 않는 걸까. 언제 어디에서 무엇을 했는지, 일상이 빛바랜 사진처럼 희미해진다 해도 환하고 따스했던 순간만큼은 오래 간직하고 싶은가 보다. 머리 자르고 온 날이면 늘 나는 사진을 찍어 남겨 두었다.

"여기 보세요. 머리 자르고 아주 멋있어졌으니 사진 찍을 게요."

　그때마다 웃으면서 자세를 취하셨다. 나중에 요양병원으로 모시고 난 뒤 병원에서 받은 사진에서 아무렇게나 짧게 잘린 머리를 보고 마음이 무너졌다. 속이 상해 한동안 울음을 그치지 못했다.

　아빠가 갑자기 돌아가시는 바람에 미처 영정사진을 준비하지 못했는데, 그동안 이발할 때마다 찍어 놓은 사진 중 잘 나온 사진을 골라 영정사진으로 만들었다. 영정사진 속 아빠는 부드럽게 미소를 지으면서 사랑스럽게 나를 바라보았다. 늘 인자하고 온화했던 세련된 신사의 모습, 내가 평생 기억하고픈 모습으로.

늘 처음 듣는 것처럼

아빠는 조금씩 기억을 잃어 가기 시작했다. 그건 어쩌다 보이는 흰 머리 한 가닥처럼 불쑥 일상에 나타났고, 묘한 불안이 돋아나게 했다. 같이 있다가 갑자기 "여기가 어디 냐?" 하며 장소를 인지하지 못하는 일이 생기기도 했다. 자기도 모르게 낯선 세상 한복판에 덩그러니 혼자 서 있는 기분이 들면서 얼마나 혼란스러울까? 되도록 혼자 어디 나가시는 일이 없게 하려고 했다. 외출할 일이 있거나 산책하게 되면 같이 따라다니기 시작했다.

"제 손 꼭 잡으세요. 여기 차 많으니까 조심하시고요."

늘 의지하기만 했던 든든한 아빠가 조금씩 작아지고 있었다.

작고 작아져서 다섯 살 어린아이가 된 것 같았다. 내 손을 꼭 붙잡은 채, 내가 이끄는 대로 느릿느릿 걸어갔다. 마치 부모 손에 붙들린 어린아이처럼 주변을 두리번거리며 걸었다. 그러나 새소리, 팔랑이는 나뭇잎 하나에도 눈동자가 반짝이는 아이와는 달랐다. 아무 표정 없이 걷는 데만 집중하는 듯했다. 시간이 흐르면서 은행에 볼일이 있으면 나를 불러 같이 가자고 하셨다. 능숙하게 잘 다루시던 ATM 기계 앞에서도 주저하는 것이 눈에 보였다.

"뭐가 이렇게 복잡하냐. 도통 모르겠구나."

ATM 사용법이 서툴러지기도 했지만 입금, 송금, 이체 등의 단어가 의미하는 바를 예전처럼 빨리 인지하지 못했다. 하나라도 잊어버리지 않기 위해 모든 것을 직접 하시게 하고 옆에서 작은 도움만 드렸다.

은행 일을 마치고 둘이 손을 잡고 걷는데 문득 어릴 적 한 순간이 떠올랐다. 아빠 손을 잡고 동네를 거닐고 있는데 반대쪽에서 강아지 한 마리가 왈왈 짖으며 다가왔다. 태어나 큰 강아지를 처음 본 나는 몸이 바짝 얼어붙었고, 울기 일보 직전의 얼굴로 팔에 매달렸다. 아빠의 큰 손을 손잡이처럼 꽉 붙잡고 있어야 안전하다는 느낌이 들었기 때문이다. 아빠는 그런 나를 번쩍 들어 올려 한 팔로 가슴에 안았다. 강아지가 눈 아래로 보이자 그제야 안심했다. 어디를 가도 든든하게 지켜 주던 아빠가 이제는 딸에게 의지해야 한다. 점점 뒤바뀌는 우리의 모습을 보고 있으니 마음 한구석이 미어졌다.

정신건강의학과 주치의는 조금이라도 걷기 운동을 하라고 했다. 가까운 학교 운동장에 가서 산책했다.

"밖에 나가서 데이트할까요?"
"데이트 좋지. 어디에서?"
"일단 같이 나가요."

밖에 나가자고 하면 한 번도 싫다고 하지 않으셨다. 우리는 걸어 다닐 때 손을 잡거나 팔짱을 끼고 다녔다. 키가 큰 내가 매달려서 걸어가니 많이 힘드셨을 텐데, 단 한 번도 불편함을 드러내지 않으셨다. 우리는 학교 운동장도 돌고, 걷다가 힘들면 벤치에 앉아 쉬기도 했다. 이때부터 같은 얘기를 여러 번 반복하기 시작했다.

주로 손녀들에 관한 내용이었다. 나한테는 남동생이 있는데 호주에 살고 있다. 조카가 두 명 있지만 해외에 살다 보니 화상 통화를 해야 잠시나마 얼굴을 볼 수 있었다.

재작년에 남동생 식구들이 한국에 왔다. 오랜만에 손녀들을 만나니 당장 달려 나가 끌어안을 만큼 좋아하셨다. 둘째 손녀를 데리고 함께 학교 운동장에 놀러 가셨다. 둘째 조카는 원숭이 재주 넘듯이 철봉에 매달려 운동을 했다. 그 모습이 매우 기억에 남았던 모양이다. 나중에 조카들이 호주로 돌아간 이후에도 학교 운동장에 갈 때마다 말씀하셨다.

"우리 ○○이가 저기 철봉에 매달려서 거의 재주 넘듯이 운동을 했지."
"맞아요. 주변 사람들이 다 놀라서 쳐다봤어요. 그중 어떤 어르신이 '너 올해 몇 살이니?' 하니 '한국 나이로 여덟 살,

호주 나이로는 일곱 살이에요' 해서 다 같이 웃었잖아요."

"그래, 어린 녀석이 호주 나이, 한국 나이는 어떻게 알고 구분해서 말하는지. 지금도 그 생각을 하면 웃음이 난다."
우리는 늘 처음 하는 이야기처럼 대화했다. 같은 말을 여러 번 반복해도 좋으니 제발 손녀딸들만은 잊지 않게 해 달라고 속으로 거듭 되뇌었다.

제발, 조금만 천천히

　엄마의 거동이 불편해지면서 아빠랑 둘만 외식하는 때가 많았다. 셋이 같이 다녀야 하지만 차 없이는 움직이기 쉽지 않았다. 외식할 때마다 삼겹살 구이집을 자주 갔다. 식당이 큰길을 건너가야 하는 조금 먼 거리에 있어 우리는 운동 삼아 천천히 걸어 다녔다.

　삼겹살 2인분을 주문하자 직원이 석쇠 위에 붉고 하얀 고기 색이 선명한 삼겹살 두 덩이를 올려놓았다. 얼마 지나자 지글거리는 소리와 함께 노릇노릇 구워졌다. 고소한 고기 냄새가 탁자 위로 퍼져 나가고, 육즙이 고인 모습은 보기만 해도 입에 침이 고일 만큼 먹음직스러웠다. 식탁이 식사만을 위한 자리가 아니듯, 단둘이 마주 앉아 오붓하게 대화를 나누고 싶었다.

"여기 반찬이 참 정갈해요."
"그러게나 말이다. 깔끔하고 맛도 좋구나."
"호주 조카들도 좋아할 테니 애들 오면 다 같이 와서 먹어요."
"그거 아주 좋구나."

아빠는 미각이 뛰어나서 맛 분석도 잘하고 음식을 즐기시던 분이다. 그러나 알츠하이머가 시작되고 미각도 점점 떨어져 갔다. 그래서인지 음식을 예전보다 짜게 드셨다. 고기 드실 때도 쌈장을 너무 많이 드시고, 다른 짠 반찬들도 평소보다 많이 드셨다.

"고기가 참 고소하구나. 질기지도 않고. 명이나물에 같이 싸서 먹으니 느끼하지 않고 맛이 좋아."
"아빠, 반찬이 짜니까 조금씩 드세요."

식사 후에는 근처 카페에 들러 아메리카노 한 잔씩 사 들고 나와 두런두런 얘기하며 돌아왔다.

"오늘따라 바람이 살랑살랑 부는 게 너무 좋아요."

"그러게나 말이다. 나무도 푸르고 기분이 정말 좋구나. 이렇게 산책할 수 있는 공간이 있는 것도 정말 감사할 일이야."

"저랑 있으니 더 좋으시죠?"

"그래, 좋다. 아무튼 너는 말릴 수가 없구나."

돌아오는 길에 혼잣말로 수십 번 애원했다.

'제발 더 나빠지지 않게 해 주세요. 이런 소소한 행복이 계속 이어지게 도와주세요.'

'하루하루 조금만 천천히 흘러가게 해 주세요.'

아메리칸드림

아빠는 심장이 안 좋아서 아산병원에서 정기적으로 검진을 받고 약을 드셨다. 얼마 전 외래를 갔더니 더는 약으로 치료하기 어렵고 심장 수술을 받아야 한다고 했다. 요즘 들어 어지러움과 가슴 통증이 자주 발생했는데, 심장 판막이 제대로 역할을 하지 못해 생긴 일이었다. 알츠하이머만 걱정하고 심장 수술은 예상도 하지 못했던 터라 매우 당황했다.

심장 수술은 다른 수술보다 어려운 수술이고, 나이도 고령이라 가족 모두 고민이 깊었다. 과연 무엇이 최선의 선택일지 고민할수록 어려웠다. 부모의 보호자가 되는 건 부모를 대신해 판단하고 결정하는 위치에 서는 일이다.

내 선택에 따라 부모의 생사가 달라질 수도 있는 일 아닌가. 쉽게 결정하지 못하는 나에게 의사가 말했다.

"수술하면 훨씬 더 건강하게 지낼 수 있지만, 그렇지 않으면 언제 갑자기 돌아가실지 모릅니다."

결국 가능한 한 서둘러 수술받기로 했다. 심장 수술은 큰 수술이라 수술 전에 꼭 '입원'해서 '심장 수술 전 검사'를 받아야 한다고 했다. 수술 전 검사가 가능한 날짜를 확인해보니 12월 23일 일요일이 가장 빠른 날이었다. 일요일에 입원하니 할 수 있는 검사가 별로 없어 체중, 혈압, 키, 혈액 검사 등 간단한 검사만 받았다. 그날 우리는 TV도 보고, 지하에 있는 편의점에 가서 과자도 사 먹으면서 즐겁게 지내다가 잠자리에 들었다.

간호사가 형광등을 끄자 병실이 어두운 가운데 고요해졌다. 보호자 침대에서 잠을 자려고 누웠다. 뒤척이는 소리, 숨 쉬는 소리가 귓가에 들릴 정도로 아빠가 가까이 누워 있었다. 창밖으로 고개를 돌리자 유난히 검고 푸른 하늘이 펼쳐졌다. 그날따라 잠이 안 오는지 천장을 보며 옛날얘기를 하기 시작하셨다.

"6·25 전쟁이 끝났을 당시 국민학생이었어. 중학생 형들이 미군 부대에 들어가서 잡일도 하면서 영어를 말하는 모습을 보았지. 그때 미군 부대에 들어가 영어를 배웠어야 했는데, 어려서인지 용기가 없어서 그렇게 하지 못했어. 지금도 그게 참 많이 아쉬워."

팔십이 훌쩍 넘은 아빠가 칠십여 년의 시간을 거슬러 어린 시절의 이야기를 꺼내 놓다니. 무슨 이유에선지 그날 밤자신이 걸어온 삶을 먼발치에서 되돌아보는 듯했다. 기억을 잃어 가는 당신이 어린 시절 모습만큼은 어제 일처럼 선명하게 기억한다는 사실이 신기하면서도 놀라울 따름이었다.

"대학도 법대에 가고 싶었는데 네 할아버지가 기술이 중요하니 공대에 가라고 해서 공대 기계과에 들어간 거 아니냐."

공대를 나와 취직했고, 훗날 전공을 살려 파이프 회사에서 일하셨다. 공대 기계과, 그곳에서의 삶은 어땠을까? 원하는 것을 선택하기보다 부모의 말을 따랐던 청년. 가지 못한 길에 대한 미련이라도 남아 있던 걸까? 몸을 뒤척이더니 말을 이어 가셨다.

"나도 '아메리칸드림'이 있어서 미국에 가서 살고 싶었는데 장손이라 부모님과 동생들을 두고 우리 가족만 데리고 미국으로 갈 수가 없었어."

내가 미처 몰랐던 삶, 소망했으나 이루지 못한 것들을 털어놓으셨다. 아버지 이전에 소년이었고 청년이었던 한 남자의 삶이 파노라마처럼 펼쳐지는 듯했다. 지금까지 몰랐던 아빠에 대해 알아 간다는 사실에 묘한 기분이 들었다.

"나도 한때 '아메리칸드림'이 있어서 그렇게 미국에 가서 살고 싶었는데, 누굴 닮아 그런가 했더니 이제 알겠네요."

"그래, 그 말을 들어보니 너는 분명히 내 딸이 맞다."

둘이 도란도란 얘기하는 사이 밤이 깊어 갔다.

성인이 된 이후 아빠와 단둘이 있던 것도, 병원에 같이 있던 것도 이때가 처음이었다. 그날 밤 지금까지 알지 못했던 아빠의 어린 시절, 젊은 시절 얘기를 들으면서 당신에게도 존재했을 유년 시절, 청춘 시절을 상상했다.

그 어려웠던 시절 누구보다 개구쟁이였던 소년이 장남이라는 무게를 견디기 위해 얼마나 자기 욕구를 억누르며 살았는지, 결혼 후에는 한 가정의 가장이 되어 가족을 위해 얼마나 치열하게 살았는지 알게 되었다. 지금도 그날 밤을 잊을 수가 없다. 그날 비로소 당신에 대해 조금이나마 더 알게 되었다. 아빠 너머의 모습, 아빠가 아닌 한 사람의 인생을 마주한 시간이었다.

침대 두고
왜 거기서 잤냐?

  24일에는 심전도, 심장 초음파 등 여러 가지 검사를 받다가 하루가 저물었다. 그리고 25일 크리스마스가 되었다. 크리스마스는 휴일이기에 검사를 받을 수 없었다. 이날은 그냥 병원에서 쉬고, 하나 남은 치과 검사는 26일 오전에 받고 퇴원하는 일정이었다. 온종일 아무 검사도 없이 병원에 있는 것이 너무 답답하셨는지 조금씩 짜증을 부리기 시작했다.

"아무래도 이제 집에 가야겠다."

"아직 검사 다 안 끝나서 퇴원 못 해요."

"병원에서 하는 것도 없고 쓸데없이 사람 잡아 두고 있는데, 집에 가지 뭐 하는 거야?"

"오늘이 25일 크리스마스라 쉬는 날이에요. 그래서 검사가 안 된대요."

하루만 참아 달라고 간곡히 부탁했지만 이미 화가 난 아빠는 집에 가겠다고 계속 고집을 부리셨다. 하는 수 없이 일단은 잠시 서로 떨어져 있는 것이 좋겠다고 생각할 무렵 때마침 점심 식사가 나왔다.

"점심 나왔어요. 먼저 천천히 들고 계세요. 저는 아래층에 내려가서 빵 좀 사 올게요."

빠르게 빵을 사서 병실로 돌아오니 이게 무슨 일인가. 식사는 전혀 하지 않고 국 안에 밥, 반찬을 모두 넣어 버리셨다. 본인 마음대로 퇴원하지 못하자 화가 난 것을 이런 식으로 표현한 것이다. 어린아이들이 마음대로 되지 않아 심통을 부릴 때 하는 행동인데, 애들처럼 이렇게 유치한 행동을 하실 분이 아닌데 생각하며 아무 말 없이 조용히 식판을 치웠다.

앞으로 어떻게 해야 좋을지 판단이 서지 않았다. 당장 상의할 사람도 없고, 이 상황을 헤쳐 나갈 사람도 나밖에 없다. 화가 난다고 지금 당장 병원을 뛰쳐나갈 수도 없고, 대체 왜 이러시냐며 엉엉 울 수도 없다. 나도 사람인지라 이런 상황이 닥치니 가슴이 답답해지고 숨이 잘 쉬어지지 않았다. 앞으로 어떻게 해야 할까 생각하며 병실 밖에서 잠시 호흡을 가다듬으며 가만히 서 있었다.

이날 처음으로 아빠가 원망스러웠다. 하지만 '정신 똑바로 차려야 한다'라며 계속 속으로 되뇌었다. 잠시 밖에서 마음을 정리하고 병실로 들어갔다. 서로 아무 말도 하지 않고 가만히 있었다. 때마침 친구분에게 전화가 왔고, 친구와 통화하고 나니 마음이 조금 누그러지신 것 같았다. 그러나 잠시뿐이었다. 다시 집에 간다며 환자복을 벗고 사복으로 갈아입으면서 소리를 치셨다.

"당장 책임자 불러 와."
"앞으로 심장 수술 받아야 하는데 수술 전에 해야 하는 정말 중요한 검사가 아직 남았어요. 하루만 참아 주세요."

"아니, 지금 아픈 곳이 하나도 없는데 왜 수술을 받는다는 거냐?"

아빠는 심장 수술을 받아야 한다는 것을 기억하지 못했다. 지금 병원에 있는 것이 '심장 수술 전 검사' 때문이고 이 검사를 받아야 수술할 수 있다는 사실을 전혀 이해하지 못했다. 아무리 말려도 듣지 않으셨다. 도저히 혼자 힘으로는 해결되지 않아 간호사 선생님에게 자초지종을 설명하고 도움을 요청했다. 잠시 후 경험이 많아 보이는 간호사 선생님이 오셔서 퇴원할 수 없는 이유를 차근차근 설명해 드리니 겨우 화를 멈추고 침대에 누우셨다.

저녁에 언니가 와서 계속 진정시켜 드린 덕분에 겨우 마음이 풀리셨다. 언니에게 저녁 식사를 부탁하고 잠시 병실 밖으로 나가 창가에 몸을 기댔다. 창문을 여니 차가운 바람이 얼굴에 느껴졌다. 깊은 한숨이 절로 나오며 동시에 피곤함이 몰려왔다.

그날 밤 힘들고 마음도 상할 대로 상한 나머지 보조 침대에서 잠을 안 자고 의자에 기대어 자는 둥 마는 둥 했다. 다음 날 아침이 되자 어제 일을 하나도 기억 못 하시는지 아무 일 없던 것처럼 말을 건네셨다.

"재아, 침대 두고 왜 거기에서 잤냐? 불편하지 않았어?"
"괜찮아요, 잘 잤어요."

나도 사람인지라 이때까지 다친 마음이 덜 풀린 탓에 감정 없는 목소리로 대답했다. 그리고 마지막 남은 치과 검사를 받고 퇴원한 뒤 집으로 돌아왔다.

PART 3.
부모의 보호자가 된다는 것

전화 받으세요,
어디 계세요?

　호주에 사는 남동생 식구들이 아이들 겨울 방학을 맞아 한국에 왔다. 둘째 조카가 아직 어리고 애교가 많아 계속 할아버지 곁에서 그림도 그리며 같이 시간을 보냈다. 할아버지 책상 위에 신기한 물건을 보면서 "이건, 뭐예요?" 하며 호기심 가득한 얼굴로 계속 질문했다. 그런 손녀를 세상에서 가장 소중한 존재를 보는 눈빛으로 바라보며 하나하나 질문에 대답해 주셨다.

　손녀가 돋보기를 끼고 "할아버지, 저 좀 보세요" 하니 그 모습을 보고 껄껄 웃으셨다. 그 웃음소리가 어찌나 경쾌하고 밝은지, 듣기만 해도 아프지 않던 예전의 모습이 저절로 떠올랐다. 내보이지 않았지만, 지금까지 화상 통화만 하던 손녀들이 사실은 얼마나 보고 싶었을까? 오랜만에 만난 남동생 가족이 곁에 있으니 즐거우신 모양이었다.

부모님이 아프시면서 내 삶은 많이 변했다. 부모님을 돌보는 것이 모든 일의 최우선 순위가 되었다. 동생이 와 있는 동안 잠시 부모님을 맡기고 볼일을 보려고 외출했다. 그런데 동생에게 전화가 왔다. 친구분들과 약속이 있다고 점심에 나가셨는데 아빠와 연락이 안 된다고 했다. 그렇지 않아도 며칠 전 아버지 친구분이 전화를 주셨다.

"아버지가 요즘 우리 약속도 예전보다 더 자주 잊어버리고 이상한 말도 하시네."
"무슨 이상한 말이요?"
"요즘 친구 사이를 이간질하는 사람이 있다고 해."
"그게 사실이에요?"
"아니지. 그래서 알려 주는 거야. 전보다 조금씩 상태가 안 좋아지는 것 같으니 좀 더 신경 써요."

그런 얘기를 들은지라 더 긴장감이 엄습했다. 집으로 부랴부랴 돌아오니 동생이 이미 경찰서에 실종 신고를 해 놓은 상태였다. 안에 들어가니 경찰 두 분이 계셨다. 우리는 아버지가 알츠하이머 진단을 받으셨고 지금 연락이 되지 않으니 찾을 수 있게 도와 달라고 했다.

"아버님이 과거에도 이렇게 말없이 집을 나가신 적이 있었나요?"

"아뇨, 없습니다."

"혹시 배회하신 적은요?"

"없습니다. 현관 비밀번호를 잊어버려서 전화하신 적은 있어요."

경찰은 핸드폰 번호를 알려 달라고 했다. 이후 무전으로 다른 경찰들과 연락을 취하더니 정확한 위치는 알려 줄 수 없고 광화문 근처에 계신 것 같다고만 했다.

약 20분 뒤 아빠를 찾았다는 연락이 왔다. 광화문 커피빈에서 친구분들과 같이 계신 것을 발견해 근처 파출소에서 모시고 있다고 했다. 혹시나 도로 한복판에서 헤매고 계시는 건 아닐까, 그러다가 어디 다치신 건 아닐까 별별 생각에 가슴이 타들어 갔는데, 별일 없다는 소식에 조금이나마 안심할 수 있었다.

저녁 9시가 넘은 시각에 우리 삼 남매는 아버지를 모시러 광화문 파출소로 향했다. 동생이 운전하고 언니는 앞좌석, 뒤에는 내가 타고 파출소에 도착했다. 바람같이 차에서 뛰쳐나가 파출소 문을 열고 들어가니 너무나 편안하고 여유로운 모습으로 경찰분들과 도란도란 얘기를 나누고 계셨다. 순간 나도 모르게 눈물이 핑 돌았다.

"우리가 전화를 얼마나 많이 했는데, 왜 전화 안 받으셨어요?"

안심이 되고 반갑기도 했지만, 약간 볼멘소리로 말했다.

"얼마나 걱정했는지 아세요?"
"걱정은 무슨, 이렇게 잘 있는데. 핸드폰 진동으로 해 놓고 코트 주머니 안에 넣어 둬서 전화가 오는지 몰랐다."

웃는 얼굴을 보니 긴장이 풀리고 안도감이 몰려왔다. 우리는 경찰관들에게 감사 인사를 하고 아빠를 모시고 나왔다. 그리고 넷이 차를 타고 돌아오는 길에 창밖을 보며 말했다.

"밤에 시내 나온 것도 정말 오랜만이죠?"
"어려서는 다 같이 시내에 자주 나왔는데."
"여기는 광화문, 저기는 프라자 호텔, 신세계 백화점, 남산 3호 터널, 반포대교. 야경 보고 있으니 꼭 드라이브하는 것 같아요."
"그래 너희들과 같이 있으니 정말 좋구나."

아빠의 목소리에는 즐거움이 가득했다. 우리는 웃으면서 집으로 향했다. 엄마는 아빠를 보자마자 걱정과 핀잔 섞인 목소리로 말했다.

"당신은 왜 전화를 안 받아서 이렇게 사람을 놀라게 해요? 애들이랑 우리가 얼마나 걱정했는지 알기나 해요?"

"무사히 돌아왔으니 되지 않았소. 이렇게 애들이 다 나를 걱정하고 데리러 오고, 덕분에 차 타고 편하게 잘 돌아왔으니 이제 걱정하지 마시오." 아빠는 엄마를 안심시켰다.

그날 이후 우리 삼 남매는 가족끼리 연결되는 앱을 설치해 아빠의 위치를 확인하기로 했다. 이 앱을 설치하면 핸드폰을 통해 서로의 위치를 확인할 수 있어 조금이나마 안심할 수 있었다. 또 카드 이용 문자가 내 핸드폰으로 오게 해서 이중으로 확인할 수 있게 했다. 다들 많이 놀라긴 했지만 한 번 더 주의를 기울이는 계기가 되었다.

3년 후에 다시 와요

2018년 겨울에 심장 수술 전 검사를 끝내고, 2019년 4월로 수술 날짜를 받아 놓았다. 그런데 운이 좋게 수술 일정이 예정보다 앞당겨져서 2월 11일에 입원할 수 있었다. 호주에 있는 남동생이 간병을 위해 한국에 왔다. 삼 남매가 같이 아빠를 모시고 병원으로 갔다. 도착 후 입원 수속을 밟는데 조금씩 억지를 부리기 시작하셨다. 병실에 들어가야 하는데 막무가내였다.

"지금 멀쩡한데 왜 수술을 해야 해? 아픈 데가 하나도 없다는데 왜 쓸데없이 입원하라는 거야?"

"심장이 안 좋아서 수술받아야 해요."

심장 수술을 해야 한다는 사실을 기억하지 못하셨다. 삼 남매가 돌아가면서 말씀드려도 듣지 않으셨다. 엄마라도 계시면 설득할 수 있을 텐데 거동이 불편해 병원에 오기 힘든 상태였다. 막막했다.

중요한 수술을 앞두고 너무 고집을 부리시니 살짝 힘들었다. 그럴 때면 '계속 이렇게 억지 부리는 것은 병 때문이야. 일부러 이러실 리가 없지'라고 생각하며 마음속에서 치밀어오르는 무언가를 다스리려 했다. 하지만 갈수록 손을 쓸 수 없는 상황이 되자 몸과 마음이 슬슬 지쳐 가기 시작했다. 하는 수 없이 동생이 셋째 작은아버지께 전화를 드려 상황을 말하니 바로 병원에 와 주셨다.

"아니, 네가 여기 웬일이냐?"
"형님, 중요한 수술을 받아야 해서 병원에 왔으니 병실에 들어가셔야죠."

작은아버지를 보자 아빠는 그제야 조금 누그러졌다. 덕분에 환자복으로 갈아입고 침대에 누우셨다. 동생이 아빠 옆에 있고 언니랑 나는 의사 선생님에게 수술 방법에 관한 설명을 듣고 동의서를 작성하러 밖으로 나갔다. 엄마가 여러 번 큰 수술을 받은 적이 있어 동의서 작성에 대해서는 이미 알고 있었다.

　하지만 이번 수술은 '인공판막 치환술'이라는 심장 수술이다. 부위가 심장이라 착잡한 심정으로 여러 가지 설명을 들었다. 발생할 수 있는 상황과 함께 최악의 경우 사망에 이를 수 있다는 얘기도 들었다. 설명을 다 들은 뒤 무거운 마음으로 동의서에 사인했다. 엄마가 곁에 계셨으면 조금이나마 덜 불안했으리라 생각하니 지금의 상황이 더 안타까웠다. 동생에게 아빠를 맡기고 집으로 돌아왔다.

　수술 날 아침 일찍 병원에 가니 다행히 아빠 기분이 나빠 보이지 않았다. 우리 셋의 얼굴을 보니 안정을 찾으시는 듯 보였고, 계속 엄마 걱정을 하셨다. 수술 시간이 다가오는데 수술실로 못 내려가고 대기 시간이 점점 길어졌다. 기다림이 계속되자 또 그냥 집에 가겠다고 억지를 부리지는 않을까 걱정되기 시작했다.

급한 마음에 간호사에게 문의하니 아침에 응급 수술이 생겨 아빠의 수술이 예정보다 늦어진다고 했다. 오래 지나지 않아 "이제 수술실로 내려갈게요"라고 연락이 왔고, 우리는 다 같이 수술실로 내려갔다. 우리 모두 아빠 손을 잡고.

"아무것도 걱정하지 마세요. 한숨 푹 주무시고 나오면 돼요."
"우리 밖에서 기다리고 있을게요." 아빠는 조금 편해진 얼굴로 수술실로 들어가셨다.

그때부터 바깥 의자에 앉아 대기하는데, 시간은 왜 이렇게 안 가는지. 어제 수술 동의서에 서명하면서 들었던 최악의 상황만 자꾸 떠오르고 좀처럼 안정되지 않았다. 예정 시간보다 30분이 더 지나서야 수술이 끝났다는 문자를 받고 중환자실로 갔다.

담당 선생님이 먼저 설명해 주셨다. 개흉까지는 하지 않고 가슴 위쪽에서 절개해 인공판막으로 치환했고, 수술은 잘 됐다고 했다. 비로소 조금 안심할 수 있었다. 오후 5시경에 면회가 된다기에 일단 집에 가서 잠시 쉬다가 면회 시간에 맞춰 병원으로 갔다.

　중환자실은 한 번에 두 사람밖에 들어갈 수 없었다. 남동생과 언니를 먼저 들여보내고 밖에서 기다리고 있었다. 잠시 후 동생이 울먹이며 나왔고, 면회 카드를 받아 중환자실로 들어갔다. 원래도 마른 아빠는 더 말라 보였다. 산소마스크를 끼고 손에는 장갑을 낀 상태로 팔이 침대에 묶여 있었다. 그 모습을 보니 눈물이 저절로 흘러나오고 마음은 찢기는 듯했다. 속상함에 얼굴이 일그러지는 나를 보고 간호사가 말했다.

　"아버님이 너무 협조를 안 해 주세요. 계속 팔에 있는 주사기를 뽑으려고 하셔서 어쩔 수 없이 장갑을 끼우고 팔을 묶어 놓았어요. 이해해 주세요." 아빠는 우리를 알아보고는 묶인 팔을 흔들며 애절한 눈빛으로 쳐다보셨다.

　"이거 다 풀어다오."

　아직 산소마스크를 쓰고 있어 말은 못 하고 눈으로만 표현하는데, 눈빛만 봐도 무슨 말을 하는지 다 알 수 있었다. 울면서 조용히 귀에 대고 속삭였다.

"회복하려면 주사도 잘 맞아야 해요. 자꾸 주사기를 마음 대로 빼 버리면 절대로 안 돼요. 아셨죠? 우리 셋 다 병원에 있으니까 걱정하지 마세요. 기운 내세요. 옆에서 기다리고 있을게요."

다음 날 아침에 면회를 가니 주무시고 계셨다. 어제보다 는 좀 더 안정된 모습이었지만, 여전히 손에 장갑이 끼워져 있었고 팔도 침대에 묶여 있었다.

다시 만난 주치의 선생님이 설명해 주셨다.

"전신 마취 수술을 받으셔서 알츠하이머 증상이 더 심해 질 겁니다. 섬망도 생길 거고요. 너무 놀라지 마세요."

나중에 중환자실 간호사 선생님이 섬망이 나타나서 알 수 없는 이상한 말을 계속하고 소리를 치셨다고 했다.

수술 사흘째 되는 날 일반 병실로 옮겼고, 며칠 후 엄마를 모시고 갔다. 그동안 많이 회복되어 엄마를 보자 반갑게 맞이하셨다.

"당신 왔소?"
"수술받느라 고생하셨어요."

두 분이 서로 만나니 기분이 좋아 보였다. 그동안 식사도 잘하시고 운동도 열심히 하셨다고 한다. 그 덕분인지 수술 직후보다 건강을 회복한 듯 보였고, 얘기도 많이 나누셨다. 일요일에 퇴원하면 그때 모두 집에서 만나자고 약속하고 병원을 나왔다.

퇴원일이 되자 아빠는 내가 언제쯤 병원에 오는지 계속 전화해 보라고 동생에게 보채셨다. 병원에 도착하니 이미 옷도 다 갈아입고 집에 갈 준비를 하고 계셨다.

"집에 가니 좋으세요?"
"그럼, 어디 가나 내 집이 최고지."

이렇게 수술을 잘 마치고 퇴원했다. 수술 후 아빠와 나는 수술 1주일 후, 2주일 후, 한 달 후, 3개월 후, 6개월 후, 1년 후 경과를 보러 병원에 갔다.

"이제 아버님 심장은 20대 청년보다 좋습니다. 앞으로 건강하게 잘 지내시다가 3년 후에 다시 뵙겠습니다."
"감사합니다."

여러 가지 심장 검사를 받고 나서 주치의 선생님의 얘기를 들은 뒤 진료실을 나왔다.

"우리 계속 건강하게 잘 지내다가 3년 후에 다시 와요."
"암, 그래야지."

서로 약속하듯 가벼운 발걸음으로 집에 왔다. 하지만 그 약속은 지킬 수 없었다. 아빠는 심장 수술 후 3년이 되기 전에 돌아가셨다. 수술하면서 너무 고생하셨고, 힘든 회복 기간도 잘 견뎌 내셨는데, 그렇게 허망하게 돌아가시리라고는 꿈에도 몰랐다.

소금 좀 가져와라

　심장 수술 후 가장 중요한 일은 수술 전 수준으로 건강을 회복하는 것이었다. 특히, 수술 이후에는 꼭 저염식을 해야 해서 본격적인 식단 관리에 들어갔다. 집에 오는 도우미 이모님은 음식을 잘하는 분이었다. 그러나 모든 음식의 간을 싱겁게 하다 보니 아빠 입에 맞지 않았다. 건강 회복을 위해 잘 드셔야 하는데도 불구하고 많이 안 드셨다.

　"간이 하나도 안 맞는데 대체 어떻게 밥을 먹으라는 거냐? 먹을 반찬이 하나도 없구나. 이렇게 먹을 거면 그냥 안 먹고 말련다."

　"병원에서 절대 짜게 드시면 안 된다고 했어요. 얼마나 힘

들게 수술하셨는데, 잘 유지하려면 싫어도 저염식으로 드
셔야 해요."

식탁 위에서 실랑이가 계속되었다.

"이렇게 간이 안 맞아서야 도저히 못 먹겠다. 소금 좀 가
져와라."

아빠의 어조는 점점 강해졌고, 더는 거부하기 힘들었다.
어쩔 수 없이 서로의 의견을 절충해 물을 섞은 간장이랑 소
량의 소금을 식탁 옆에 두었다.

"소금 너무 많이 넣지 마세요."
"간장 여러 번 찍지 마세요. 짜요."

옆에서 쉬지 않고 잔소리했다. 그러던 어느 날 점심 식사
도중에 결국 화를 내면서 수저를 내려놓고 방으로 들어가
버리셨다. 이때부터 힘겨운 식사 시간이 시작되었다.

"중간에 들어가시면 어떻게 해요? 밥을 드셔야 약도 드시는데."

최대한 고운 목소리로 말했다. 하지만 기분이 상했는지 쳐다보지도 않으셨다. 더는 무리하게 권하지 않고 방을 나왔다. 그날 오후 3시쯤이었다.

"시장하지 않으세요? 밥 한 술만 뜨세요. 약도 드셔야 해요."
"그럴까? 좀 먹지 뭐."

조금이라도 밥을 드시게 하려 애교도 떨며 기분을 맞춰 드렸다. 그 사이 아까 짜증 낸 것도, 식사 도중에 자리를 뜬 것도 잊어버리셨는지 식탁으로 오셨다.

식사를 조금이라도 하시면 그나마 다행이었다. 갈수록 식사 거부가 늘어 한 끼를 두세 번에 걸쳐 드셨다. 옆에 있는 사람도 밥을 먹어도 제대로 먹은 것 같지 않았다. 겉으로 드러내지는 못하고 조금씩 지쳐 갔다.

하루는 평소 좋아하시던 갈빗집에 모시고 갔다. 그곳에서는 평소 집에서와는 달리 너무 맛있게 잘 드셨다.

"간도 잘 맞고 오랜만에 제대로 먹는다."

고기 위로 여러 가지 짠 반찬이 올라가는 것을 본 순간 '짜게 드시면 안 돼요!' 하고 속마음이 튀어나올 뻔했다. 하지만 기분 좋게 잘 드시는 모습을 보고 차마 잔소리를 할 수 없었다.

지금도 그런 생각을 한다. 그냥 드시고 싶은 것 마음 편하게 잡수시게 했으면 더 빨리 기력을 회복하지 않으셨을까. 그때 왜 고집을 부려서 더 힘들게 했을까. 충분히 판단력이 있고 음식을 드실 의지도 있었는데, 건강 관리를 핑계로 식사를 통제했다. 힘들게 수술받은 만큼 건강하게 오래 사시기를 바랐던 마음이었지만, 오히려 그것이 아빠를 더 힘들게 한다는 생각은 전혀 하지 못했다.

나는 전혀
기억이 안 나는데

심장 수술 이후 예전보다 기억력이 확연히 떨어지고, 똑같은 질문을 여러 번 하는 일도 더 자주 생겼다.

"병원에 왜 가는 거지?"

"수술 경과 보러 가잖아요."

"언제 수술을 했었나?"

"심장 수술 잘 받으셨고, 이제 경과를 봐야죠."

"허, 나는 전혀 기억이 안 나는데."

"기억이 안 나면 어때요. 그럴 수도 있죠. 옆에서 다 기억하고 있으니 걱정할 것 하나도 없어요."

"그래 맞다. 네가 있으니 됐다."

심장 수술 후 외래 진료를 받을 때는 먼저 심전도와 엑스
레이 검사를 해야 한다. 그리고 검사를 받기 위해서는 검사
복으로 갈아입어야 한다. 탈의실에 들어가시게 하고 밖에
서 기다리는데, 도통 나오질 않으셨다.

한참을 기다리다가 이상해서 남자 탈의실을 슬쩍 들여다
보니 안에서 어찌할 바를 모르고 그냥 서 계셨다. 먼저 상
의를 탈의하고, 그곳에 쌓여 있는 가운 하나를 골라 입고,
옷을 장에 넣고, 자물쇠 번호를 입력하고 문을 잠그고 나와
야 한다. 탈의실 안에 사람도 많고 복잡한 상황에서 당혹한
모습이 역력했다.

"죄송합니다. 죄송합니다."

어쩔 수 없이 죄송하다는 말을 반복하면서 남자 탈의실
로 들어갔다. 여자가 갑자기 들어가니 안에 있던 사람들의
눈길이 모두 나에게로 향했다. 아랑곳하지 않고 계속 '죄송
합니다'를 연발하며 옷 갈아입는 것을 도와드렸다. 입고 온
옷은 내가 들고 다니면서 여러 가지 검사를 받았다. 검사가

모두 끝난 후에는 탈의실 바깥쪽에서 몸을 가려 가운을 벗고 입고 온 옷으로 갈아입으시게 했다. 혹시라도 옷 갈아입는 걸 도와드려 무안해하지 않으실까 걱정되었다.

"사람이 너무 많아서 정신없으시죠? 안이 너무 복잡해서 살짝 도와드렸어요."

검사 후 같이 대기하다가 진료실로 들어갔다. 진료가 끝난 뒤 병원비를 수납해야 하는데 기다리는 사람이 많았다. 수술한 지 얼마 되지 않은 아빠를 서서 기다리게 할 수 없어 수납 창구 근처 의자에 모셔 드렸다.

"여기 앉아 계시면 바로 수납하고 올게요."

빠르게 수납한 뒤 돌아와 보니 자리에 안 계셨다. 순간 머리가 멍해지면서 가슴이 쿵쿵 뛰기 시작했다. 어떻게 하면 좋을지 주변을 두리번거리며 찾고 있는데, 저 멀리서 천천히 걸어오셨다. 반가움 반, 놀라움 반으로 달려갔다. 하지만 나도 모르게 감정 섞인 목소리가 터져 나왔다.

"어디 갔다 오셨어요?"

"화장실이 급해서 갔다 왔지."

"아, 그랬구나. 의자에 안 계셔서 너무 놀랐어요. 딸 두고 혼자 가신 줄 알았잖아요." 이번에는 투정 어린 말투가 나와 버렸다.

"별일도 아닌 걸 가지고 놀라기는. 내가 왜 널 두고 혼자 가냐."

그 순간 어디 멀리 가지 않고 금방 돌아오셔서 얼마나 안도했는지 모른다. 그 일이 있고 난 뒤로는 진료가 끝나고 화장실에 가시면 나올 때까지 문 앞에서 기다렸다. 수납할 때도 내가 잘 볼 수 있는 자리에 모셔 놓고 꼭 그 자리에 계시라고 말씀드렸다. 수납 순서를 기다리면서 눈을 떼지 않았다. 감사하게도 이후로는 병원에서 혼자 사라지시는 일이 없었다.

산타 할아버지

수술 후 스포츠센터도 그만두고 한동안 집에서 간단히 샤워만 하며 지냈다. 이제는 목욕탕에 가도 된다는 주치의 선생님의 허락이 떨어지자 가까운 목욕탕에 데려다 달라고 하셨다. 여러 군데를 검색했는데 남성 전용 사우나밖에 없었다. 하는 수 없이 간단하게 속옷과 용품을 챙겨 함께 사우나에 갔다.

사우나 입구까지는 모시고 갔지만, 남성 전용이라 안에 모시고 들어갈 일이 고민이었다. 도저히 혼자 들어가시게 할 수 없어서 같이 엘리베이터를 타고 내려갔다. 다행히 카운터에 여자분이 계셨다.

"안녕하세요? 여자인 제가 들어와서 놀라셨죠? 아버지가 목욕하셔야 하는데, 요즘 기억력이 조금 안 좋으셔서 걱정되어 직접 모시고 왔어요. 이해 부탁드려요."

"그래요? 알겠어요. 괜찮아요. 안쪽에서 일하시는 분 불러서 아버님 도와 드리라고 할게요."

"고맙습니다. 잘 부탁드려요."

계산을 마치고 챙겨 온 목욕용품과 속옷을 손에 쥐어 드렸다.

"따님은 저 옆에 의자 있죠? 목욕 마치고 나오실 때까지 편하게 계세요."

사우나에 손님이 하나둘 들어오기 시작했다. 카운터에 있던 여자분을 보고 인사한 후 옆에 앉아 있는 나를 보고 다들 흠칫 놀랐다. 계속 있기 민망해 밖으로 나와 사우나 근처를 서성이다가 목욕이 끝날 시간에 맞춰 다시 모시러 갔다. 잠시 후 목욕을 마치고 아빠가 나오셨다.

"싸 드린 목욕용품이랑 갈아입을 속옷은 어디 있어요?"

"가지고 온 거 없는데."

안에 있는 분에게 문의해도 아무것도 없다고 했다. 집에 돌아와 보니 사우나 후에 갈아입으라고 싸드린 속옷이 겉옷 주머니 안에 그대로 있었다. 목욕 전에 입었던 속옷을 그대로 다시 입고 오신 것이다. 게다가 목욕용품은 사우나에 그냥 두고 오셨다. 순간 이럴 리가 없는데 생각하다가 '아, 우리 아빠 아프지' 하면서 혼자 이해했다. 왜 물건을 두고 왔냐고 하지도 않았다. 이 말을 듣고 본인이 이제 물건도 못 챙기는 바보가 되었다고 자책할까 봐 걱정이 앞섰다. 마음에 상처를 드리고 싶지 않았다.

다니던 사우나가 없어지면서 더는 목욕탕에 갈 수 없었다. 하는 수 없이 집에서 욕조에 물을 받아 놓고 주위에 샴푸, 바디클렌저, 샤워타올, 면도기 등을 준비해 놓았다.

"따뜻한 물 받아 놨어요. 탕에도 들어가고, 머리도 감고, 샤워도 하세요. 갈아입을 속옷은 문밖에 둘게요."

"그래? 그럼 들어가 볼까."

　처음 몇 번은 준비해 놓은 대로 잘 사용하고 깨끗하게 씻고 나오셨다. 그러나 얼마 지나지 않아 샤워를 마치고 나왔는데 머리는 감지 않은 상태였다. 또 한번은 다 씻었다고 하는데 욕조에 물이 그대로 있었다. 샴푸도 그대로 있고, 비누칠 흔적도 볼 수 없었다. 적당히 물만 끼얹고 나오신 듯했다. 이런 일이 잦아지면서 점점 혼자 목욕하시는 것이 힘들어졌다.

　그때부터 아빠를 목욕시켜 드리기 시작했다. 아래 속옷만 입은 채로 엄마가 사용하던 의료용 목욕 의자에 앉히고 샤워를 시작했다. 씻겨 드리는 내내 너무나 작아진 아빠의 어깨와 등을 보면서 마음이 아팠다. 늘 기댈 수 있고, 언제나 내 편이고, 힘들면 등 뒤에 숨을 수 있는 든든한 나무가 한없이 작아져 있었다. 이때 난생처음 등에 점이 있다는 것도 알게 되었다. 목욕시켜 드리지 않았으면 평생 몰랐을 것이다.

　직접 목욕시켜 드리기 시작한 초반에는 등만 밀어 드리

는 정도였다. 혼자 이도 닦으시고, 머리도 잘 감으시고, 면도도 하셨다. 하지만 시간이 갈수록 모든 것이 힘겨워졌다. 나중에는 샤워 자체를 거부하는 일까지 생겼다. 매일 샤워하셨던 분이 어쩌다가 이렇게 되었을까? 생각하니 마음이 또 무너져 내렸다. 그때부터 내가 직접 씻겨 드리기로 했다.

"제가 면도해 드릴게요. 거울 들고 계세요."

거품을 내서 수동 면도기로 직접 면도해 드렸다. 처음에는 면도하다가 실수해서 피라도 나면 어쩌나 걱정이 들었다. 하지만 아빠는 순순히 얼굴을 맡기셨다. 얼굴에 면도용 거품을 가득 발랐다.

"얼굴에 거품이 있으니 산타 할아버지 같은데요. 거울 보세요."
"진짜 산타 할아버지구나."

우리 둘은 신나게 웃었다. 면도를 시작하자 사각사각 소리가 들리면서 수염이 조금씩 잘려 나갔다. 거품도 같이 사라진 모습은 예전의 말끔했던 아빠를 보는 듯했다.

"어디 더 할까요?"

"여기, 그리고 여기 조금 더."

"다른 데 또 어디요?"

"이제 다 됐다. 아주 잘하는데?"

지금도 턱에 흰 면도 거품을 잔뜩 바르고 밝게 웃어 주시던 얼굴을 잊을 수 없다. 자신의 모든 걸 보호자에게 내맡긴 듯한, 마치 순한 아기같이 쳐다보던 그 얼굴. 샤워가 끝나면 가운을 입혀서 맨몸이 드러나지 않게 한 뒤 속옷을 싹 갈아입혔다. 의자에 앉혀 바디로션을 꼼꼼하게 온몸에 발라 드렸다. 머리도 드라이해서 멋지게 말려 드리고, 손톱 발톱도 모두 깎아 드렸다.

"세상에서 우리 아빠가 제일 멋있어!"

"그러냐. 고맙다."

갈수록 증세가 심해지면서 목욕을 거부하는 일도 많아졌

다. 짜증을 부리는 일도 많았다. 겨울이 되니 욕실 안 공기가 차가워져 추운데 왜 자꾸 옷을 벗으라고 하냐며 샤워하기 싫다고 하셨다. 씻는 것을 거부하는 것도 알츠하이머 증상 중 하나라는 것을 나중에야 알게 되었다. 이런 모습을 볼 때마다 신사에 멋쟁이셨던 분이 왜 이리 억지를 부리실까 속이 상했다. 마치 아이를 다루듯이 살살 달래면서 목욕시켰다. 힘이 들 때면 스스로 달랬다.

"내가 미워서 일부러 이러는 게 아니야. 다 병 때문이야."

불면증

　시간이 갈수록 나는 불면증에 시달렸다. 감당해야 하는 여러 가지 상황으로 머릿속이 복잡했다. 병원 진료일 확인, 약 챙기기, 목욕시키기, 식사 챙기기 등 일이 많았다. 피곤해서 누우면 바로 잠들 것 같은데 그렇지 못했다. 잠이 오지 않으니 내일 해야 할 일이 머릿속에서 맴돌았고, 생각이 꼬리에 꼬리를 물어 좀처럼 잠들지 못했다. 억지로라도 자야 한다며 눈을 감아도 정신은 점점 또렷해졌다. 잠을 제대로 못 자니 늘 피곤하고 기분이 처졌다. 더는 이렇게 지내면 안 되겠다는 생각이 들었다.

　예전에 아버지 친구분이 소개해 주셨던 정신건강의학과가 생각났다. 원장님이 너무 인자하고 좋았던 기억이 떠올라 진료받으러 갔다.

"지금 무엇이 힘드세요?"

그 말을 듣는 순간 눈물이 왈칵 쏟아지면서 10분을 넘게
아무 말 없이 울기만 했다. 원장님은 우는 내 앞에 조용히
휴지를 내미셨다. 가까스로 울음을 그치고 지금 상황을 말
씀드렸다.

"부모님 두 분 다 알츠하이머 진단을 받으셔서 제가 돌봐
드리는데 힘들어요. 밤에 잠을 제대로 못 자는 게 제일 힘
들어요."
"한 분이 알츠하이머여도 힘든데, 지금 굉장히 어렵고 힘
든 상황이네요. 고생하고 계시네요."

지금까지 누구에게도 편하게 속 얘기를 꺼내지 못했다.
마음 한편에는 타인에게 위로받고 싶은 마음이 있었던 것
같다. 원장님이 얘기를 다 들어 주니 또 눈물이 터져 나와
한참을 울었다. 울고 나니 마음이 좀 가라앉으며 편해졌다.

그날 항우울제를 처방받았고, 비로소 조금이나마 잠을 잘 수 있었다. 원장님은 대나무숲 같은 존재였다. 숨김 없이 속마음을 드러내도 창피하지 않았다. 늘 내 마음을 먼저 헤아려 주셨다.

"좋은 마음으로 돌보기 시작했는데 아빠의 억지가 계속되니 마음이 흔들리면서 힘들어요."
"언제까지 부모님을 잘 돌봐 드릴 수 있을지 자신이 없어요."
"이런 마음을 갖는다는 자체도 죄책감이 들어요."

원장님은 돌봄은 힘든 일이고, 자식이라도 쉽지 않은 일이라고 하셨다. 어떤 날은 계속 울기만 한 날도 있었다. 그때도 울음을 그칠 때까지 조용히 기다려 주셨다. 그러면서 부모님 상태에 대해 여쭈어보면 기꺼이 한 가지라도 더 알려 주려고 애쓰셨고, 어르신들은 낙상이 제일 위험하니 꼭 주의하라고 하셨다. 아빠와 갈등 상황이 생겨도 절대 맞서지 말고 되도록 맞춰 주고, 절대 자극하지 말라고도 알려 주셨다.

정신건강의학과에 가서 진료받기까지 시간이 걸렸다. 왠지 모를 선입견과 감추고 싶은 치부를 드러내는 것 같아서 꺼려졌다.

감기에 걸리면 내과에 가듯 마음이 아프면 정신건강의학과에 가는 것은 자연스러운 일이다. 정신건강의학과에서 치료받기를 잘했다고 생각한다. 수면에 도움이 되었고, 어디 한 군데 나의 말을 들어주는 곳이 있으니 위안이 되었다. 조금이나마 기분이 전환되면서 아빠를 좀 더 잘 모실 수 있게 되었다.

치료를 시작하고 일주일에 한 번씩 시간을 내어 병원에 갔다. 울다 오는 날이 대부분이었지만, 내 이야기를 할 수 있는 것과 들어주시는 것이 좋았다. 속마음을 허심탄회하게 털어놓을 수 있어 진료를 마치고 나면 후련한 안도감이 일었다. 상황은 변한 것이 없지만 무언가가 해소된 기분이랄까. 그렇게 조금은 가벼워진 마음으로 일상으로 돌아갔다.

내가? 언제?

아빠가 갑자기 나를 부르셨다.

"내 가슴 위에 못 보던 것이 생겼다. 이게 뭔지 아니?"
"심장 수술 자국이에요."
"내가? 언제? 왜 전혀 기억이 안 나지?"
"기억이 안 날 수도 있죠. 그게 뭐 중요한가?"

 나는 다른 얘기를 하며 화제를 돌렸다. 힘들게 심장 수술
을 받고서도 수술 자체를 기억하지 못하셨다. 한편으로는
수술받느라 고생하셨는데 힘든 기억은 잊어버리는 것이 낫
겠다는 생각도 들었다.

정신건강의학과에 진료받으러 가서 알츠하이머 증상을 조금이라도 늦추게 할 방법은 없는지 문의했다. 선생님은 큰소리로 신문 읽기를 추천해 주셨다. 틈이 날 때마다 우리는 신문을 펼쳐 놓고 1면부터 큰 제목, 소제목 읽기를 했다. 아빠는 신문 읽기를 매우 좋아하셨고, 읽은 제목에 대해 설명도 해 주셨다.

예전부터 화투를 치면 알츠하이머에 좋다는 얘기를 들어서 아빠, 언니, 나 셋이 민화투를 치기 시작했다. 내가 고스톱을 칠 줄 몰랐기에 민화투를 선택했다. 식탁 위에 담요를 깔아 놓고 화투를 치기 시작했다. 예전부터 고스톱을 잘 치셨던 분이라 민화투에도 능숙했다. 게다가 놀랍게도 고스톱처럼 점수 계산도 너무 잘하셨다.

"이게 만일 고스톱이면 몇 점, 청단 홍단이어서 몇 점으로 내가 이겼네."

"너무 잘 치는 거 아니에요? 좋은 운이 다 아빠한테 가나 봐요."

"그러게, 왜 칠 때마다 이렇게 잘 맞는지 나도 모르겠네."

민화투를 치면서 인지능력이 더 나빠지지 않기를 바랐다. 아빠는 민화투를 치면서 많이 웃고 즐거워하셨다. 병의 진행을 늦추지는 못하더라도 하루하루 같이 보내는 시간만큼은 소중하게 생각했고, 매 순간 온 마음을 다하며 지냈다. 이후에도 계속 뇌를 쓰는 연습을 하기 위해 아이패드에 '단어 찾기의 왕'이라는 앱을 설치했다. 무질서하게 흩어져 있는 글자 중에서 제시하는 단어를 찾는 게임으로, 거실 소파에 앉아서 게임을 했다.

"너무 잘 맞추시는 거 아니에요?"

"뭘, 겨우 이 정도로."

"맞아요. 아빠가 얼마나 똑똑한 분인데, 몰라봐서 죄송해요. 말 나온 김에 레벨 하나 높여서 한 번 더 할까요?"

"그래, 그거 좋지."

돌이켜 생각해 보면 인지기능이 더 나빠지지 않게 여러 가지를 시도했다. 하지만 무엇보다 함께하는 시간 자체가 기뻤다. 지금도 옆에 계시면 함께 더 즐거운 시간을 보낼 수 있을 텐데, 이제는 그럴 수 없다는 사실에 마음이 허전해진다.

도와주세요,
조금만 비켜 주세요

심장 수술 경과를 보기 위해 아산병원에 갔다. 병원에 도착하고 혼자 아빠를 챙기려니 너무 바빴다. 휠체어에 앉히고 병원 안에 모셔 놓은 뒤 주차하고 다시 와야 했다. 아산병원은 차가 많고 복잡하다 보니 병원 현관 앞에 잠시 정차하기도 어려웠다. 그 와중에 빨리 차를 빼달라고 누군가가 소리쳤다. 하는 수 없이 주차관리를 하시는 분께 부탁했다.

"제가 혼자 아빠를 모시고 왔어요. 안내데스크까지만 모셔다드릴 수 있을까요? 그동안 빨리 주차하고 오겠습니다."
"네, 아버님은 저희가 모시겠습니다."
"아빠, 이분이 안으로 모셔 준대요. 주차하고 바로 올게요. 금방 오니까 잠시만 혼자 계세요."

"알겠다. 걱정하지 말고 다녀오거라."

　괜찮다고 했지만, 주차하러 가는 내내 걱정이 되었다. '내 말 잊어버리고 화장실 급하다고 혼자 가시면 안 되는데.' 서둘러 차를 몰았다. 운 좋게 지상 주차장에 빈자리가 있었다. 차를 세우고 난 뒤 쏜살같이 안내데스크로 향했다. 병원 안에 들어가니 휠체어에 앉은 그대로 나를 기다리고 계셨다.

　진료를 잘 끝내고 집에 가려는데 바깥 날씨가 차가웠다. 휠체어를 타고 야외 주차장까지 모시고 가기에는 힘들 것 같았다. 일단 내 옷으로 더 꽁꽁 싸매고, 하고 있던 목도리도 풀러 목에 둘러 드렸다. 춥지 않도록 현관 안쪽에 휠체어를 세워 놓고 말했다.

"차 가져올게요. 여기 잠시만 계세요. 약속."
"그래, 알았다. 약속."

　서로 새끼손가락을 걸었다. 그런 다음, 나는 밖으로 나와 주차장을 향해 달렸다. 빨리 차를 가져 와 따뜻하게 해 드리고 싶은 마음에 무슨 드라마를 찍는 것처럼 차 사이를 누비며 뛰어다녔다. 사람들이 울려 대는 경적에 '죄송합니다!'를 연발하며 주차장으로 가서 차를 뺐다. 현관 입구에 가까워질수록 차가 뒤엉켜 혼잡했다. 그때 무슨 생각이 들었는지 앞 창문을 열고 손짓하며 목소리를 높였다.

"도와주세요. 조금만 비켜 주세요. 죄송합니다. 먼저 지나 갈게요."

고맙게도 주변 차들이 비켜 주어 빠르게 도착할 수 있었다. 안으로 들어가니 다행히 현관 안쪽에 그대로 계셨다.

"추우셨죠? 차가 많아서 시간이 좀 걸렸어요."
"나는 하나도 안 춥다. 네가 옷을 얇게 입어 감기에 걸리 겠구나."
"이제 차 타면 하나도 안 추워요."

무사히 차에 모시고 나니 그제야 안심이 되었다.

백미러를 통해 본 아빠는 많이 힘드셨는지 조용히 뒷좌석에 몸을 기대어 잠이 드셨다. 잠에서 깨지 않게 조심조심 집을 향해 차를 몰았다.

그날 이후 지나가다가 휠체어를 밀며 힘겨워하는 분이 보이면 적극적으로 나서서 도와 드렸다. 간혹 뒤에서 휠체어를 몰다 보면 휠체어 탄 사람의 발이 발판 아래로 떨어지는 것을 못 보는 경우가 있는데, 이런 모습을 보면 주저하지 않고 뛰어가 맨손으로 발을 들어 발판 위에 올려 드렸다. 병원에 가서 혹시 휠체어 탄 사람이 있으면 먼저 앞으로 가서 문을 잡아 편하게 들어올 수 있게 했다. 아빠를 돌보면서 받은 도움을 조금이라도 갚고 싶은 마음의 표시였다.

트렁크에서 휠체어를 꺼낼 때 같이 도와주신 분, 아빠를 휠체어에 태워 산책하는데 보도블록에 경사가 있어 좀처럼 올라가지 못하고 혼자 끙끙대고 있을 때 말없이 휠체어를 밀어 주신 분, 엘리베이터 안에서 우리를 보고 먼저 내리라고 문을 잡아 주신 분 등 많은 도움의 손길이 우리 부녀에게 닿았고, 홀로 돌보는 무게를 잠시나마 덜어 주었다.

인생에서 무거운 짐을 지고 있다고 느낄 때는 누군가가 손을 잡아 주거나 이야기를 들어주는 잠깐의 순간이 일상을 지탱하는 힘이 되기도 한다. 사소해 보일지 모르지만, 스쳐 가는 도움이 있었기에 우리의 일상이 원활하게 돌아갈 수 있었다.

삶 전체가 변하는 일

해외 구매대행을 시작하기 전에는 무역회사에서 일했다. 회사에 다니는 동안 해마다 작은 한 가지라도 발전이 있는 삶을 살고 싶었다. 하지만 샘플에 파묻혀 사는 나날들, 매달 받는 급여에 안주하는 삶, 어느새 반복되는 일상에 익숙해져 버렸다. 어느 순간 되돌아보니 바라던 성장하는 삶이 아닌 그저 하루를 지내는 삶이 되어 버렸다. 게다가 회사에 다니는 동안 엄마가 자주 아파 병원에 모시고 갈 때마다 눈치가 많이 보였다. 언니는 선생님이라 시간을 빼기 어려워 주로 내가 모시고 다녔기 때문이다.

언제까지 직장 생활을 할지 모르기에 새로운 시도를 해 보기로 하고 조금씩 준비하다가 퇴사했다. 해외 구매대행은 초기 매출은 적었지만 내 일을 한다고 생각하니 기분이 좋았다. 시간도 자유롭게 쓸 수 있어 부모님을 모시고 병원에 가고 돌봐 드리는 일도 훨씬 수월해졌다. 하루는 엄마 컨디션이 안 좋아져서 부모님 두 분을 모시고 성모병원 응급실에 갔다. 시간 여유가 있어 부모님과 같이 갈 수 있어 다행이라 생각했다. 이때부터 엄마의 여러 가지 검사와 외래 진료를 다니면서 부모님을 돌보는 데 많은 시간을 쓰기 시작했다.

그러던 중 아빠가 심장 수술을 받게 되었다. 아무리 시간이 자유로워도 일을 하며 두 분을 돌보는 것이 점점 힘에 부쳤다. 직접 하지 않으면 안심이 되지 않는 성격 탓에 다른 가족들에게 부탁하지 않고 혼자 도맡아 모든 일을 처리하려고 했다. 어느 순간 나는 부모님 돌봄의 인솔자가 되어 있었다. 형제들도 동생이 하겠지, 작은누나가 하겠지 하며 점점 방관자가 되었다. 거기에 제사 때 친척들이 오면 위로인지 부탁인지 모를 말을 한마디씩 했다.

"네가 정말 고생이 많다."

"우리는 너만 믿는다. 부모님 잘 돌봐 주렴."

그 말을 들을 때마다 속으로 '그래, 부모님은 내가 챙겨야 해. 이렇게 할 수 있는 사람은 나밖에 없어'라며 혼자 주문을 걸듯 자아도취에 빠졌다.

"수고가 많다."
"애쓴다."

마치 빨간 구두 이야기에 나오는 주인공처럼 멈추지 못하고 계속 나 자신을 끝까지 몰아갔다.

아빠의 심장 수술 전 검사 일정은 12월로 잡혔다. 보통 미국을 상대로 하는 구매대행은 추수감사절과 크리스마스가 매출이 가장 잘 나오는 시기다. 하지만 부모님을 돌보기 위해 일을 포기했다. 이번 겨울에 장사를 잘했으면 자리를 좀 잡지 않을까 하는 기대도 있었지만, 결정을 후회하지는 않았다. 내 인생에서 더 중요한 것이 무엇인지는 크게 생각하지 않아도 알 수 있었다.

일은 나중에라도 할 수 있고, 지금은 아빠를 보살피는 것이 더 중요했다. 다행히 하던 일을 멈추어도, 부모님이 충분한 의료 서비스를 받고 또 생계를 유지할 만큼의 재정적 여유가 있었다. 부모님을 돌보면서 모든 일상은 두 분 위주로 돌아갔다.

부모님 돌봄을 도맡으면서 요양사님과 도우미 이모님에게 많이 의지했다. 성격도 급한 편이라 두 분의 요청 사항이 있으면 즉시 몸을 움직여 처리하려고 했다. 엄마의 가정 간호 신청, 대신 처방받아 약 챙기기, 욕창 매트 준비 등 이것저것 신경을 썼다. 엄마가 요실금이 심해지자 방수 매트를 사고 디펜드도 늘 넉넉하게 준비해 놓았다. 도우미 이모님이 부모님에게 해 드릴 음식 재료를 요청하면 바로 마트에 가서 재료를 사다 드렸다.

수시로 두 분 방을 들락거리며 뭐 필요한 것은 없는지 확인하다 보면 하루가 지나갔다. 약 챙겨 드리기, 식사 챙기기, 잠자리 챙겨 드리기, 돌봄의 수레바퀴 안에서 일상이 돌고 돌았다.

"엄마, 사랑해. 굿 나잇."

"아빠, 사랑해. 굿 나잇."

불을 끄고 내 방에 들어오면 그제야 일과가 끝났다. 하지만 두 분은 건강이 점점 나빠지면서 거동도 힘들어졌다. 타인의 도움 없이는 생활이 힘든 상황에 다다랐다. 부모님 목욕시키고, 식사 먹여 드리는 것이 일상이 되어 갔다. 이해하기 힘든 아빠의 행동을 볼 때마다 무너져 내릴 것 같은 복잡한 감정을 추슬러야 했다.

아무렇지 않은 듯 모든 것을 해내려 했지만, 그럴수록 지쳐 갔다. 일을 그만두면서 돌봄에 매달렸지만 되려 상황은 갈수록 힘들어졌다.

나와 비슷하게 엄마 돌보는 일을 거의 도맡아 했던 친구가 있다. 직업이 교수인데, 출퇴근 시간이 오래 걸리는데도 불구하고 남의 도움을 받지 않고 다른 형제들과 함께 엄마를 돌봤다. 서로 처지가 비슷하다 보니 궁금한 것을 물어보고 정보를 교환하기도 했다. 친구가 힘들게 엄마를 돌보는 것을 너무나 잘 알고 있었기에 물었다.

"친구야, 어머니 장기요양등급을 받고 다른 사람의 도움을 받으면 어때? 강의도 하러 가야 하는데 너무 힘들어 보여서."

"형제 셋이 같이 할 수 있을 때까지 직접 엄마를 모시고 싶어."

친구는 어머니가 돌아가시기 전까지 다른 사람의 도움을 받지 않았다.

"네가 거의 도맡아 어머니를 돌봤는데 힘들지 않았어? 나는 주위에서 도움받고도 힘이 많이 들었는데."

"힘들었지. 너도 알잖아, 돌봄이 무슨 n분의 1처럼 딱 떨어지는 것도 아니고. 우리도 자주 다퉜어. 그런데 다투고 나면 바로 털어 버렸어. 그런데 끝까지 우리 손으로 엄마 모시고 나니 미련도 후회도 없어."

할 수 있는 최선을 다한 사람에게서 나오는 말, 이 말을 듣는 순간 친구도 나랑 같은 마음이구나 싶었다.

다시 그때로 돌아간다고 해도 같은 선택을 했을 것이다. 그렇게 해야만 후회가 남지 않을 것 같다. 다만 덜 지치도록 자신을 좀 더 챙길 것이다. 부모님을 돌보다 보면 몸과 마음이 지치면서 가족 간에 갈등이 생길 수밖에 없다. 힘들 때마다 각자 의견을 말하면서 방법을 찾고 갈등을 해소하는 게 바람직하다.

부모의 보호자가 된다는 것은 삶 전체가 변하는 일이다. 부모를 기준으로 모든 일과가 재편성되면서 일상은 물론, 인생이 바뀐다. 돌봄은 한 사람이 봇짐 지듯이 짊어질 수 있는 일이 아니다. 가족이 각자 나누어 짊어질 수 있을 만큼 힘을 보태야 원활하게 돌아간다. 그래야 최소한의 '나'를 지키며 돌봄을 이어 갈 수 있다.

PART 4.

작별 인사 중입니다

뒤틀린 시공간

아빠는 심장 수술 후 천천히 건강을 회복하며 지냈다. 그러던 중 말도 없이 집을 나가시는 일이 발생했다. 하루는 도우미 이모님에게 전화가 왔다.

"언니, 아저씨가 안 계셔. 내가 일하는 사이에 나가셨나 봐. 빨리 와 봐."

이모님이 계셔서 잠시 외출했는데 전화를 받는 순간 정신이 멍해졌다. 경비 아저씨에게 여쭤보니 본인도 잠시 자리를 비운 틈에 나가신 것인지 아빠를 못 봤다고 했다. 그날은 방학이라 집에 있던 언니에게 전화하고 동네를 나누어 찾아 다니기 시작했다. 주로 다니시던 길을 돌아다니며 찾앉는데 어디에도 안 계셨다. 게다가 핸드폰도 집에 두고 가셔서 위치도 알 수 없었다. 그러다가 이모님에게서 전화가 왔다.

"언니, 아저씨 들어오셨어. 이제 걱정하지 마."

부리나케 집으로 돌아가 외치듯 말했다.

"어디 다녀오셨어요?"
"배가 고파서, 냉면 한 그릇 먹고 싶어 밖에 나갔지."
"그래서 냉면은 드셨어요?"
"아니. 가다가 그냥 왔어."
"이모님 오는 날은 밥 다 챙겨 드리는데, 오늘따라 많이 시장하셨나 봐요. 그리고 말없이 나가시면 우리가 많이 걱정하니까 다음부터는 꼭 얘기하고 나가세요."
"그러냐? 알겠다. 앞으로는 말하고 나가마."

이후 경비실에 내 핸드폰 번호를 알려 드리고, 혹시 아빠가 혼자 나가는 일이 있으면 일단 경비실에 모셔 놓고 전화

를 달라고 부탁했다. 어느 날 깜빡 잠이 든 사이에 핸드폰
이 울려서 전화를 받으니 경비 아저씨였다.

"아버님 지금 1층에 경찰이랑 같이 계세요. 내려와 보셔
야 할 것 같아요."

경찰이란 말에 깜짝 놀라 1층으로 내려가니 아빠가 경찰
들과 함께 있었다. 밤에 혼자 집을 나가셨는데, 알츠하이머
증상 중 하나인 배회가 시작된 것이다. 상황을 들어보니 밖
에서 다시 집으로 들어오려는데 카드키는 없고 문은 열리
지 않자 당황하셨던 것 같다. 우리 집 호수를 누르고 호출
버튼을 눌러야 하는데 호수가 기억나지 않아 남의 집에 계
속 인터폰을 한 것이다. 집주인이 놀라서 경찰에 이상한 사
람이 있다고 신고했고, 경비 아저씨가 알아보고 전화를 한
것이다. 아빠는 나를 보자마자 너무 반가워했다.

"어디 갔었냐? 네가 집에 없어서 찾으러 나갔다."
"저 방에서 자고 있었어요."
"문 열어 보니 없던데."

"방이 어두워서 못 보셨나 봐요. 이제 저 봤으니 걱정하지 말고 집에 들어가요."

"분명히 집에 없었는데…."

아빠를 모시고 올라오는데, 이 추운 겨울 집 안에서 입는 얇은 옷에 슬리퍼 차림이었다. 그 모습을 보니 말할 수 없이 미안했다. 뭐가 그리 피곤하다고 문 열리는 소리도 못 듣고 그냥 잤는지 나 자신에게 화가 났다. 다시 한번 정신 똑똑히 차려야겠다는 생각이 들었다. 그날 이후 현관문 소리나 누구 움직이는 소리가 잘 들리도록 방문을 항상 열어 두었다. 한동안 별일 없이 지내서 나름대로 배회를 잘 막고 있다고 생각했다. 그런데 어느 날 방심한 사이 또 집을 나가셨다. 어떻게 나 모르게 조용히 나가신 걸까?

이번에는 지하 2층 주차장에 내려가 배회하고 계셨다. 우리는 3~4호 라인인데 1~2호 라인에 사는 분이 새벽 2시에 주차장에 있는 아빠를 보고 경비 아저씨에게 연락해 주었다. 경비 아저씨의 전화를 받고 화들짝 놀라 지하 주차장으로 내려갔다.

"재아 왔냐?"

"밤에 왜 혼자 내려가셨어요? 저 몰래 조용히 나가셨네요. 아무 소리도 못 들었는데."

"지금이 밤이냐? 나는 친구들과 약속이 생겨 나갔지."

"시간을 착각하셨나 봐요. 약속 시간 확인하고 시간 맞춰 나가게 해 드릴게요. 밤이 늦었으니 지금은 같이 올라가요."

현관 손잡이를 아무리 돌려도 문이 열리지 않으니 혼자 얼마나 불안하고 두려웠을까? 그때 그 시각에 다행이 주차장에 이웃 주민이 있어 무사히 집에 돌아오게 된 것이다. 그 새벽에 아무도 발견하지 못했다면 얼마나 오래 밖에서 떨어야 했을까? 현관 앞에 도착해 집 안으로 들어가려고 하니 아빠가 몸을 움직이지 않으셨다.

"이제 집에 들어가요."

"여기가 어디인데? 왜 남의 집에 들어가?"

"여기 아빠 집 맞아요. 우리 집인지 아닌지 들어가서 확인해 봐요."

계속 들어가기를 거부하다가 억지로 끌어당기자 겨우겨우 안으로 들어오셨다.

"보세요. 엄마 여기 있어요."

"우리 집이 맞네."

간접 등 사이로 보이는 엄마를 보고 난 뒤에야 인정하셨다. 세상에서 제일 편하게 생각하는 집을 못 알아보셨다. 늦은 시간에 경비실로 연락해 준 이웃에게 얼마나 고마웠는지 모른다. 다음 날 바로 찾아뵙고 감사의 인사를 전했다.

비슷한 일을 여러 번 겪은 탓인지, 바스락 소리에 바로 방에서 뛰쳐나가 밖으로 나가시려는 것을 몇 번이나 막았다. 이후 혼자 집을 나가 배회하는 일은 줄었다. 아빠는 주무시다가 중간에 한 번씩 잠에서 깨 내 방, 엄마 방을 열어 보며 식구들이 다 있는지 확인하셨다. 배회를 시작한 순간부터 일부러 방문을 열어 놓고 자는데, 어느 날 중간에 깨 보니 거실 불이 환하게 켜져 있었다. 급히 일어나 거실로 나가니 의자에 혼자 우두커니 앉아 계셨다.

"왜 안 주무시고 나와 계세요?"

"집에 있었냐?"

"그럼요, 집에 있죠."

"지금이 대체 몇 시냐?"

"새벽 3시예요."

"지금 밤이야?"

"집에 아무도 없어서 다들 어디 갔나 하고 기다리고 있었어."

"아무도 없긴요. 엄마, 나 모두 집에 있는데. 걱정하지 말고 방에 가서 주무세요. 식구들 다 있으니 걱정 안 하셔도 돼요."

"그래, 이제 안심이다."

이불을 덮어 드리니 조금 안정이 된 모습으로 다시 잠에 드셨다. 주무시다가 깼는데 깜깜하고 어두우니 혼자만 있다고 생각해 매우 불안하셨던 모양이다. 이때부터 시간을 잘 인식하지 못하고 낮과 밤을 잘 구분하지 못하셨다. 이런 일이 생긴 후 부엌과 현관 앞에 작은 불을 항상 켜 두었다. 혹시 방에서 나오더라도 어둠 속에서 불안해하지 않게 했다. 방문을 열어도 불빛이 비쳐 누워 있는 사람의 모습이 보이니 불안감이 훨씬 줄어들었다.

　시간에 대한 감각이 없으면 불안하기 마련이다. 지금이 몇 시인지, 오늘이 몇 월 며칠인지 알아야 일상이 문제없이 돌아간다. 당장 무엇을 해야 하고, 어디에 가야 하는지 알 수 있다. 아빠는 시간이 삭제된 상태로 오도카니 있는 자신을 마주하는 일상, 그 속에서 길 잃은 미아처럼 헤매는 듯했다. 어느 날 뜬금없이 당신 나이를 물었다.

"내가 올해 몇 살이지?"

"여든둘이요."

"내가? 언제 이렇게 나이를 먹었지?"

"지금 몇 살 같은데요?"

"잘 모르겠어. 마흔? 이렇게나 나이를 많이 먹다니, 이제 죽을 일만 남았네."

"죽기는 왜 죽어요. 손녀들 시집갈 때까지 사셔야죠."

"아, 그런가? 애들 시집가는 거 다 봐야지."

　배회는 좀 덜하나 싶었는데, 알츠하이머가 심해지면서 우울증이 생겼다. 침대에 누워 혼자 우는 경우가 많아졌다. 식사 시간이 되어 모시러 가면 내색하지 않으려고 작은 수건으로 눈을 가리셨다.

"좀 자야겠으니 그냥 나가거라."
"그래도 식사는 하고 주무세요."
"지금은 생각 없다."
"밖에서 기다릴게요. 시장하시면 나오세요."
"오냐."

지금까지 조부모님 돌아가셨을 때 말고 아빠가 눈물을 보이는 모습을 본 적이 없었다. 자식으로써 다른 사람도 아닌 아빠가 우는 모습을 보니 어느 때보다 슬펐고, 나도 모르게 눈물이 흘러나왔다. 얼굴을 가리고 눈물을 감추시던 그 모습은 자식에게 약한 모습을 보이기 싫은 마지막 자존심 같았다.

아빠가 제일 멋있어요!

  알츠하이머 진단을 받고 바로 장기요양등급을 신청했다. 장기요양제도는 고령이나 노인성 질병 등으로 혼자 일상생활을 수행하기 어려운 노인에게 제공하는 사회보험제도다. 건강보험공단에 인정 신청을 하면, 공단에서 사람이 나와 신청자를 보고 상태 여부를 확인한다. 엄마는 이미 거동이 불편한 상태라 아빠보다 1년 먼저 4등급을 받았다. 하지만 아빠는 심사 후 6등급을 받았다.

  당시에는 6등급으로는 갈 수 있는 주간보호센터가 없었다. 심장 수술 이후 재등급 심사에서 4등급을 받고 집 인근에 있는 주간보호센터에 다니시게 되었다. 주간보호센터는 어르신들의 유치원이라 할 수 있다. 일정한 시간에 어르신을 모시고 센터로 가서 간단한 인지 회복 활동과 가벼운 신체 활동을 하고 저녁에 돌아오는 시스템이다.

센터에 다니기로 했지만 깔끔하고 예민한 분이라 단체 생활에 적응을 잘하실지 걱정이었다. 일단 모시고 센터로 갔다. 센터장님은 싹싹하고 예의가 바르셨다. 아빠에게 친근하게 다가가자 굳어 있던 표정이 풀어졌다. 시작부터 종일 센터에 계시면 금방 질릴지도 모르니 처음 한 주 동안은 주 3회 오전에만 머물기로 했다.

등원하는 첫날, 간단하게 떡과 주스 등으로 아침 식사를 하고 7시 50분 차를 타기 위해 집을 나섰다. 송영해 주시는 분이 친절하게 맞아 주셔서 기분 좋게 센터로 가셨다. 오전 수업이 마칠 즈음 센터로 모시러 갔다. 안으로 들어가니 그룹으로 나누어 노래 수업이 진행 중이었다. 아빠 옆에 조용히 끼어 앉았다. 노래 한 곡이 끝나자 같은 그룹에 있던 분들에게 먼저 인사를 드렸다. 아빠는 반가워하며 주위 분들에게 나를 소개해 주셨다.

"안녕하세요? 처음 뵙겠습니다."

"얘가 제 둘째 딸입니다."

"오늘은 오전 수업만 하고 집으로 가실 예정이라, 아버지를 모시러 왔어요."

"반가워요, 잘 왔어요."

많은 분이 기쁘게 맞아 주셨고, 우리는 남은 시간 동안 함께 노래했다. 수업이 끝나고 밖으로 나왔다.

"오늘 첫날인데 어떠셨어요? 즐거우셨어요?"

"글쎄, 아직 잘 모르겠는데."

"좋은 분 많다니까 친구도 만들어 보세요."

센터장님이 성향이 비슷한 어르신들끼리 모여 수업을 받게 해 주셔서 조금씩 적응해 나가셨다. 그렇게 센터를 다니는데, 슬슬 이상한 얘기를 하기 시작했다. 아빠는 예전에 회사를 경영했는데 주간보호센터를 회사로 착각하셨다. 센터가 경영이며 회계 관리를 제대로 못 한다며 개선이 필요하다고 하셨다.

"내일 주간보호센터에 전화해서 말씀하신 것 다 고치라고 할게요."

"꼭, 그리하거라."

그 말을 듣고서야 아빠는 마음을 놓으셨다. 하루는 센터에 다녀오신 후 편한 옷으로 갈아입혀 드리는데 심각한 표정으로 말씀하셨다.

"일은 이것저것 시키면서 월급을 안 줘. 나쁜 놈들 같으니."

"요즘 누가 월급을 현금으로 줘요. 은행 계좌로 입금하죠."

"그런가? 그런데 내 통장은 어디에 있지?"

"통장 다 저한테 있잖아요. 제가 다 갖고 있으면서 확인하니 걱정하지 마세요."

"허허, 그럼 걱정할 일이 없네."

마음을 편하게 해 드리기 위해 또 거짓말을 했다.

주간보호센터에서는 인지능력 저하를 막기 위해 색칠하기, 글씨 쓰기, 종이 잘라 붙이기 등의 활동을 한다. 그러다 보니 저녁에 돌아오실 때 옷 주머니 안에 가져오는 것이 많

앞다. 너무 잘 만드시고 여러 활동도 하시는 걸 아는데, 이
상하게도 센터에서 무엇을 했는지는 전혀 말해 주지 않으
셨다.

"오늘은 센터에서 뭐 하셨어요?"
"모른다."
"오늘 만든 것 너무 잘 만드셨는데요. 이거 혼자 다 만드
신 거죠?"
"글쎄, 모르겠는데."

그림도 선 하나 넘지 않게 꼼꼼하게 색칠하고, 종이접기
도 매우 잘하셨다. 센터에 문의해 보면 활동도 꽤 열심히
하신다고 했다. 그런데 센터에서 뭐 했냐는 질문에는 왜 항
상 모른다고 하셨는지 지금도 너무너무 궁금하다.

아침에 주간보호센터에 나가실 때마다 꼭 엄마 방에 들러
인사를 하고 나가셨다.

"나, 다녀오리다. 잘 쉬고 계시오."

"네, 잘 다녀오세요."

아빠가 센터 차에 오르면 나는 힘차게 양손을 흔들며 인사했다.

"잘 다녀오세요!"

저녁에는 아빠가 나보다 더 반갑게 인사하면서, 아침에는 격렬하게 인사하는 나를 보고 손만 한 번 쓱 올리고는 끝이었다. 저녁에 도착할 시간이 되어 모시러 나가면 저 멀리서부터 알아보고 창문을 열고 반갑게 손을 흔드셨다. 나는 그 모습을 보고 긴팔을 휘저으며 더 뜨겁게 반겼다.

주간보호센터에서는 어르신들을 보호하기 위해 송영하는 분이 먼저 내린 후 차 문을 열고 직접 어르신을 내려 드린다. 그런데 아빠는 차가 도착하면 빨리 내리려고 문부터 열려고 하셨다. 그럴 때마다 송영을 도와주시는 분이 말씀하셨다.

"어르신, 따님이 그리 좋으세요? 따님, 그거 아세요? 아버님이 코너 돌 때부터 딸이 보이면 저기 우리 둘째 딸이 나와 있다고 좋아하세요."

저녁에 돌아오실 때 마중 나가는 것이 좋았다. 둘이 손잡고 조심조심 계단을 내려갈 때도 아빠는 내 걱정을 먼저 해 주셨다. 그러나 주간보호센터에 다닌 지 3개월 만에 흥미를 잃고 슬슬 등원을 거부하기 시작했다. 코로나19 시국이라 외부 강사 수업이 없고 프로그램이 단조로워 재미를 못 느끼시는 것 같았다. 아침마다 주간보호센터에 보내 드리기가 점점 어려워졌다.

어떻게 하면 마음을 돌릴 수 있을까 생각하다가 멋쟁이였던 아빠가 생각났다. 새로운 옷을 구매해 센터에 가실 때마다 옷을 바꿔 드리며 회유하기로 했다.

"이 옷 너무 멋지지 않아요? 잘 어울릴 듯해서 샀는데, 어때요?"
"색깔이 좋구나."
"딱 어울릴 색깔로 골랐죠. 마음에 드세요?"

"우리 딸이 산 건데 당연히 마음에 들지."

"내일부터 센터 갈 때 이 옷 입고 가세요. 제가 아주 멋지게 꾸며 드릴게요. 아마 울 아빠가 센터에서 가장 멋쟁이 어르신일걸요."

"딸 덕분에 멋쟁이가 되었구나."

"아빠는 멋쟁이 신사니까 근사한 옷 입고 가요. 약속!"

"아이고, 그래. 내가 너를 어떻게 말리겠냐. 알겠다, 알겠어."

이렇게 옷으로 마음을 조금 돌려 센터에 가는 일이 지루하지 않게 했다. 덕분에 한동안 기분 좋게 센터에 가셨다. 거기에 더해 미리 센터에 전화해 아빠가 오면 오늘 너무 멋지다고 꼭 칭찬하고 아는 척을 해 달라고 부탁했다. 이후 우리는 등원일 아침마다 오늘의 패션을 사진으로 남겼고, 같이 찍은 사진을 보고 좋아했다. 지금도 그때 모습을 사진으로 남긴 것이 얼마나 잘한 일인지 모른다. 버스에 타실 때마다 나는 양손 엄지를 들어 올렸다.

"아빠가 제일 멋있어요! 최고!!!"

제발
포기하지 않게 해 주세요

주간보호센터는 어르신들이 모여 단체 생활을 하기에 다 같이 코로나19 백신을 접종했다. 나도 백신을 맞고 며칠 동안 몸이 아팠는데, 심장 수술로 몸이 약해진 아빠는 접종 후 거의 일주일간 집에서 끙끙 앓으셨다. 한동안 주간보호센터에도 가지 못했다. 도우미 이모님과 상의해 보양식을 챙겨 드리고, 집 근처 내과에 모시고 가서 수액도 맞게 해 드렸다. 이 덕분인지 조금씩 기력을 회복하셨지만, 백신 접종 전보다 확연히 눈에 띄게 체력이 떨어지셨다.

어느 날 아침 방에 들어가니 눈을 감고 바닥에 쓰러져 계셨다. 가슴이 철렁했다.

"괜찮으세요? 어떻게 된 거예요?"

"화장실 다녀오다가 침대 모서리에 걸려 넘어졌어."

다행히 눈도 뜨고 말도 제대로 하셨다. 엄마를 돌봐 주시던 요양사 선생님이 집에 계셔서 같이 부축해 침대에 눕혀 드렸다.

"어디가 제일 아프고 불편하세요?"

"허리가 계속 뻐근하구나."

잠시 안정시키고 난 뒤 엄마가 쓰던 휠체어에 모시고 집 근처 정형외과에 갔다. 병원 도착 후 엑스레이를 찍어 보니 골절은 아닌 것 같았다. 그런데 너무 괴로워하셔서 통증 완화를 위해 허리에 주사를 맞기로 했다. 침대에 누워야 하는데 "아파, 아파"를 외치며 눕기를 거부하셨다.

"저 바로 옆에 있어요. 걱정하지 마세요. 손잡고 있을게요."

"힘들지 말라고 주사 놓는 거예요. 선생님이 안 아프게 놔 주신대요."

겨우 침대에 눕혀 무사히 주사를 맞혔다. 집에 돌아와 다리 밑에 베개를 놓아 드리고, 허리 주변에 핫팩을 대어 몸을 따뜻하게 해 드렸다. 그러면서 속으로 어떻게 해야 앞으로 다치지 않고 편하게 화장실에 가실 수 있을까 고민했다. 우선 이동식 간이 변기를 침대 가까이 놓아 드리고, 밤에는 화장실로 가는 복도에 불을 켜 두었다.

"그동안 어두운데 화장실 가게 해 드려 죄송해요. 진작에 잘 챙겼으면 이렇게 고생 안 하셔도 되는데."

"그럴 수도 있지. 괜찮다."

"이제 화장실 가고 싶으면 여기 변기 보이죠? 여기에다 볼일 보세요. 침대 옆에 두었으니 잘 보이시죠?"

"화장실 앞 복도에 불도 켜 둬서 밤에 어둡지 않아요."

"그래, 잘 알겠다. 앞으로 헤매지 않겠구나."

시간이 날 때마다 정형외과에 모시고 가서 수액도 맞고 물리 치료도 받게 해 드렸다. 병원에 다녀온 날에는 수액과 물리 치료 영향인지 조금 기운을 회복하셨다. 하지만 한 달이 지나도 호전되는 기미는 보이지 않고 점점 더 힘들어하셨다. 치료를 받던 정형외과 의사 선생님이 조언하셨다.

"이렇게 계속 치료하고 있는데 차도가 없는 것이 이상합니다. 큰 병원에 가서 MRI를 한번 찍어 보면 어떨까요?"

성모병원에 예약하고 아빠를 모시고 갔다. 11월 중순, 길가에 낙엽이 알록달록 흩날리는 날이었다. 이날 엄마를 돌봐 주시는 요양사 선생님이 같이 가 주셨다. 집에서 성모병원까지 가는 도중에 자동차 지붕을 여니 하늘이 훤하게 틔어 보였다.

"떨어지는 낙엽 좀 보세요. 너무 예뻐요."
"경치가 정말 좋네요. 아버님 꼭 따님이랑 데이트하는 것 같아 정말 보기 좋아요."
"그런가요. 낙엽이 예쁘고 좋구나."

아프신 중에도 나를 보고 활짝 웃어 주셨다. 지금도 가을에 그 길을 지날 때마다 가슴이 시리면서 아빠 생각이 난다.

성모병원에서 검사해 보니 허리에 실금이 있었고, 골절이 맞았다. 지금까지 얼마나 힘들게 지내셨을까 생각하니 처음부터 큰 병원으로 오지 않은 것이 너무 후회되었다. 병원에서는 수술보다는 주사 치료를 권유했다. 골절 부분이 빨리 붙게 하는 주사라고 했다. 집에서 보호자가 직접 주사를 놓으면 된다고 했다. 병원에 다녀온 날 저녁부터 주사를 놔드리려고 속옷을 올리니 허리가 아파 컨디션이 나빠진 탓인지 살이 더 빠져 배가 납작했다.

"이 주사, 뼈 빨리 붙게 하는 주사래요. 조금 따끔하니까 조금만 참으세요."

배에 살이 없어서 그런지 많이 힘들어하셨고, 고생하는 모습을 보니 마음이 찢기는 듯 아팠다. 나는 왜 밤에 화장실 가는 복도에 불을 켜 놓지 않았을까? 나름대로 정성을 다해 모신다고 했는데 어쩌다가 아빠를 더 힘들게 만들었을까? 부모님을 모시겠다고 하던 일도 다 그만두고 집중했는데 지금까지 뭘 한 걸까? 그동안 내가 한 일은 다 헛수고였나? 자책이 끊임없이 나를 괴롭혔다.

한 번 이런 생각이 드니 몸과 마음이 급속도로 지쳐 갔다. 한편으로는 '내가 지금 이러면 안 되지. 지쳐서 나가떨어지면 우리 아빠는 누가 챙기겠어?' 하며 마음을 가다듬었다. 그리고 마음속으로 빌고 또 빌었다.

'제발 포기하지 않게 해 주세요.'

전부 다 시시해

겨울이라 날도 춥고 아직 허리 통증도 남은 탓인지 주간보호센터에 가실 때마다 심하게 짜증을 내셨다. 조금이라도 따듯하시라고 등에 핫팩을 붙여 드리고 주머니에도 핫팩을 넣어 드렸다. 그러나 그와 상관없이 부녀 사이에 사소한 말다툼이 자주 일어났다.

"이제 나갈 시간이에요."

"추운데 자꾸 어딜 가자는 거야!"

"주간보호센터에 공부하러 가시잖아요. 거기 가는 거죠. 곧 차가 올 거예요. 약속 잘 지키는 분인데 내려가셔야죠."

떼쓰는 아이 달래듯 가까스로 설득했다. 식탁 의자를 뒤로 살살 빼고 난 뒤 팔짱을 끼고 일으켜 세워 겨우겨우 센터에 가시게 했다. 한두 번은 못 이기는 척하면서 가셨지만, 갈수록 강한 거부감을 드러냈다. 급기야 식탁을 부여잡고 의자에서 일어나지 않으셨다. 아무리 빌고 기분을 맞추어 드려도 점점 고집을 부리며 센터 등원을 거부하셨다. 딸의 계속된 재촉에 아빠는 이마에 내 천(川) 자를 그리며 불만 가득한 목소리로 화내셨다.

"아니, 가 봤자 하는 것도 없고, 내가 싫다는데 도대체 왜 자꾸 가라는 거야."

등원 시간이 가까워지면 계속 시계를 보면서 발을 동동 구르며 재촉했다. 도저히 방법이 없어 식탁 옆으로 휠체어를 가져다 놓고 아빠를 태워 내려간 적도 있었다.

우리 집에는 아픈 엄마가 걷다가 넘어질 경우를 대비해서 벽마다 안전바를 설치해 두었다. 하루는 집에서 아빠를 휠체어에 앉혀 나가려는데, 현관 근처에 있는 안전바를 붙잡고 소리를 치셨다.

"안 간다고! 지금 몸이 너무 아프다고!"

처음 보는 모습에 놀라 기진맥진했고, 다리에 힘이 풀려 주저앉고 말았다. 그날은 등원을 포기했다. 이 일을 계기로 더는 혼자 힘으로 센터에 보내는 것은 무리라 생각해 주위에 도움을 요청하기로 했다. 등원을 포기하고 외출복을 평상복으로 갈아입혀 침대에 눕혀 드리니 그제야 만족한 얼굴로 말씀하셨다.

"이제 한숨 푹 자야겠다."

아빠가 휴식을 취한 뒤 기분이 좀 나아지자 점심을 먹으며 넌지시 물었다.

"왜 센터 가기 싫으세요?"
"가서 특별히 하는 것도 없고, 수준도 낮고, 전부 다 시시해."

말투에서 작은 분노가 느껴졌다. 집이 제일 좋고 편한 장소인데, 아침마다 가기 싫은 센터에 가라고 하니 화가 나셨을 만도 하겠다는 생각이 들었다. 하지만 규칙적으로 일어나는 것과 바깥에서 하는 활동이 인지 저하를 조금이나마 늦출 것이라고 믿었기에 등원을 포기할 수는 없었다.

사람에 대한 사랑

"나는 집에 우리 식구 말고 다른 사람이 자꾸 드나드는 것이 싫다."

아빠는 성격이 까다로우신 분이라 새로운 사람이 집에 들어오는 것을 너무 싫어하셨다. 낯선 사람이 오면 거의 방에서 나오지 않으셨다. 상황이 이러니 따로 도와줄 분을 구할 수도 없었다. 한참 생각한 끝에 지금 엄마를 돌봐 주시는 요양사 선생님에게 도움을 청했다. 이미 여러 번 마주친 상태라 그나마 요양사님에게 익숙해져 있었다. 아빠를 돌봐 달라는 제안에 요양사님은 바로 도와주겠다고 했다.

'일단 급한 불은 껐네.'

요양사님은 원래 오는 시간보다 한 시간 반 일찍 도착해 아침 식사를 준비해 주셨다. 그동안 나는 아빠를 깨우고 세수하고 옷 갈아입히고 나왔다.

"아버님, 안녕히 주무셨어요? 여기 앉으세요."

요양사님은 '주부 백단'이라 음식도 잘하고 정갈하게 아침을 차려 주셨다. 자기 부모 대하듯 진심으로 섬겨 주시는 것이 느껴졌다. 요양사 선생님의 도움으로 아빠는 준비된 아침 식사를 여유 있게 드실 수 있었다. 나한테는 싫은 티도 내고 짜증도 부리셨지만, 요양사 선생님의 요청에는 별말 없이 따르셔서 무사히 센터에 보내 드릴 수 있었다. 이렇게 요양사님이 일찍 오시고 아빠 송영도 같이 나가 센터에 보내 드리게 되자, 이번에는 엄마의 식사가 문제였다. 우리가 모두 아빠에게 매달리다 보니 아침 식사 시간이 너무 늦어졌다.

도우미 이모님께 조금만 일찍 와서 엄마 식사를 챙겨 주실 수 있는지 부탁했다. 엄마는 이미 건강이 많이 악화되어 와병 생활 중이었고, 도움 없이는 거동을 전혀 할 수 없었다. 식사도 다른 사람이 떠 주어야만 드실 수 있는 상태였다. 이모님은 흔쾌히 도와주셨다.

세상은 나 혼자 사는 것이 아니라는 걸 절실히 느꼈다. 이 두 분을 보면서 나는 참 복이 많은 사람이라는 걸 다시 한 번 알게 되었다. 부모님을 돌보면서 인간관계가 좁아져 거의 고립된 상태였다. 혼자 막막함을 느끼는 날이 너무 많았는데, 두 분이 부모님뿐 아니라 나까지 챙겨 주셔서 많은 의지가 됐다. 요양사 선생님은 시간 날 때마다 나를 배려해 주었다.

"따님, 어디 밖에 나갔다 와요. 잠깐이라도 바깥바람을 쐬어야 해. 안 그러면 지쳐 쓰러져서 부모님도 못 돌봐 드려. 우리가 있으니 걱정하지 말고 나갔다 와요."

도우미 이모님은 내가 대학생일 때부터 우리 집 일을 도와주셨다. 중간에 이모님이 손주를 키우시는 몇 년을 제외하고는 거의 함께 지냈다. 오래 뵌 만큼 서로를 잘 알고 가족 같은 분이다. 낙천적인 성격에, 무엇보다 음식 솜씨가 너무 좋으셨다.

"재아 언니, 밥도 제대로 안 먹고 이렇게 계속 지내면 쓰러져. 지금 쓰러지면 정말 큰일 나. 먹고 싶은 것 있으면 말만 해. 다 해 줄게."

요양사님과 이모님의 도움으로 아빠를 계속 센터에 보낼 수 있었고, 엄마도 보살펴 드릴 수 있었다. 나중에 부모님 두 분 모두 돌아가시고 나서 요양사님을 뵌 적이 있었다.

"우리 친부모님보다 더 정성으로 모셨어요."

그 말에서 우리 부모님에 대한 애정을 느낄 수 있었다. 한 사람을 옆에서 보살피는 일은 얼마나 노동 집약적인가? 그 고단한 일은 사람에 대한 사랑이 없이는 불가능한 일이다. 돌봄에 얼마나 큰 헌신이 필요한지 요양사님과 이모님을 통해 다시 한번 느낄 수 있었다.

완성되지 않은
그림들

　아빠는 외출하거나 집에 돌아오면 꼭 엄마에게 먼저 인사했다. 그런데 아침마다 센터에 가기 위해 나와 밀고 당기기를 하느라 엄마를 못 보고 나가시는 날이 많아졌다. 저녁에 돌아와 엘리베이터 안에서 늘 물으셨다.

　"엄마는 뭐 하고 계시냐?"

　"주무시죠. 방에 들어가 보실래요?"

　"아니다. 그냥 편하게 주무시게 둬라." 아빠의 행동이 조금씩 바뀌었다. 예전에는 저녁에 어두워도 간접 등을 켜고 엄마 방에 들어가 손을 꼭 잡고 인사를 건넸다.

　"나 이제 들어왔소."

그런데 어느 날부터인가 아빠가 엄마를 보지 않는 일이 많아졌다. 센터에 가지 않는 날에는 수시로 엄마 방에 가서 안부를 확인하던 아빠였는데, 횟수가 점점 줄어들었다. 엄마가 방 안 의료용 침대 위에서 식사할 때도 늘 옆에 같이 계셨는데, 이 또한 눈에 띄게 줄었다.

주간보호센터에서 가져오는 색칠 그림에도 변화가 생겼다. 예전에는 색깔도 잘 맞추고 정성스럽게 색칠했는데, 요즘에는 눈에 띄게 선을 맞추지 못하고 색도 칠하다가 마는 등 완성되지 않은 그림을 가져오셨다. 예전에는 엄마를 위해 종이접기나 여러 가지 작품을 만들어 오셨는데, 요즘 들어 가져 오는 작품이 거의 없고 가져와도 완성되지 않은 상태가 대부분이었다.

그때는 하루가 어떻게 지나가는지도 몰라서 별일이 아니라 생각했는데, 지금 와서 생각해 보면 이때부터 아빠가 슬슬 엄마에게 정을 떼려 한 것이 아니었을까 하는 생각이 든다. 마치 홀로 머나먼 길을 떠날 준비를 하는 사람처럼.

효심만으로 불가능한 일

엄마는 아빠보다 먼저 알츠하이머 진단을 받으셨다. 엄마 역시 화장실에 다녀오다가 넘어져 허리에 골절을 입었다. 이후 점점 거동이 힘들어지면서 누워서 생활하게 되었다.

두 분을 돌보다 보니 체력에 한계가 오기 시작했다. 엄마는 늘 누워 계시는 탓에 대소변 모두 타인의 도움이 없이는 처리하기 힘들었다. 알츠하이머 증상이 심해지면서 요실금, 변실금이 생겼다. 예전에는 디펜드가 축축하다고 대변을 봤다고 알려 주셨지만, 감각이 떨어지는지 표현을 거의 안 하셨다. 누워만 계시니 뽀송하고 편하게 해 드리고 싶어 수시로 디펜드를 열어서 확인하고 갈아 드렸다. 와상 환자에게 욕창은 치명적이기에 수시로 체위를 변경하며 몸 어딘가 눌린 곳은 없는지 자주 확인했다.

　의료용 침대를 사용하기 때문에 엄마를 앉히는 것은 편했지만, 식사한 뒤 접었던 침대를 내리면 몸이 아래로 자연스럽게 미끄러져 내려갔다. 엄마는 전혀 힘을 쓰지 못하기에 온전히 나의 힘으로만 침대 위쪽으로 끌어올려야 했다. 마음으로는 번쩍 들어 올려 제자리에 편하게 눕혀 드리고 싶지만, 힘은 없고 식은땀만 났다. 여러 번 겨드랑이에 손을 넣고 억지로 끌어올리다 보니 아파도 내색하지 않던 엄마가 소리를 내기 시작했다.

"아야, 아파."
"미안, 안 아프게 해 드리고 싶은데 죄송해요."

　엄마를 이리저리 움직이다 보니 손목에 무리가 오기 시작했다. 보호대를 하고 밤마다 파스를 붙여도 통증은 계속되었다. 정형외과에 가니 손목 과다 사용으로 인대가 늘어났다고 했다. 되도록 손과 팔 사용을 줄이고 자주 병원에 와서 물리 치료를 받으라고 했다. 2주 정도 병원에 다니며 치료받았지만 큰 차도가 없어 병원 가는 것을 관두었다. 게다가 아빠도 허리를 다치면서 타인의 도움이 있어야 안정적으로 거동할 수 있었다. 늘 아픈 손목과 온몸에 힘을 쓰면서 두 분을 돌보았다.

예전에는 엄마만 음식을 떠 드렸는데, 아빠도 점점 기력이 쇠해진 탓인지 식탁에 차려진 음식을 보고도 식사를 안하기 시작했다. 수저를 들지도 않고 그냥 보고 계셨다. 숟가락에 밥을 떠서 입에 넣어 드리면 그제야 드셨다. 식사를 거르게 할 수는 없기에 직접 밥을 떠먹여 드리기 시작했다. 어쨌든 드시니 다행이라고 생각했다.

"왜 안 드세요?" 물어도 아무 말이 없었다.
"우리 아부지 손에 힘이 없으시네. 제가 떠 드릴게요."

이렇게 두 분의 식사를 마치고 나면 정신이 하나도 없고 어떻게 끝냈는지 기억도 나지 않았다. 덩그러니 놓여 있는 내 밥그릇과 반찬을 보면 입맛도 없고 배도 전혀 고프지 않았다. 식탁에 우두커니 앉아 있으면 설거지할 그릇만 눈에 들어왔다. 그저 쉬고 싶은 생각에 밥은 먹지도 않고 설거지를 시작했다.

  대부분 부모님을 직접 병원에 모시고 가는 편이지만, 두 분의 거동이 점점 힘들어지며 처방전만 대신 받으러 가는 일이 많아졌다. 병원에 갈 때마다 궁금한 점을 적어 가서 의사 선생님에게 여쭈어보았다.

  "요즘 아버지가 우는 일이 많으세요. 의욕도 계속 떨어지세요. 틈만 나면 주무시려고만 하고요."
  "이미 알츠하이머가 많이 진행되어서 그래요."
  "제가 더 할 수 있는 게 없을까요?"
  "산책이라도 자주 해서 몸을 움직이게 하세요. 약 잘 챙겨 드시게 하고요. 지난번처럼 3개월 치 처방해 드릴게요. 다음에 뵙죠."

  이런 말을 듣고 진료실을 나설 때면 냉랭한 공기가 목덜미부터 등 뒤로 퍼지는 느낌이 들 정도로 서운함이 몰려왔다.

'의사는 이렇게밖에 말을 못 해 주는 걸까? 헛된 기대를 품지 말라고 사실만 말해 주는 걸까?'

종합병원은 환자가 많아 의사 선생님이 바쁜 것은 알지만, 기계적인 대답만 들을 때마다 아쉬움이 컸다. '그것밖에는 해 줄 수 있는 게 없다'라는 식의 어투는 안 그래도 지친 보호자를 더 지치게 만든다. '아, 그러시군요. 힘드시겠습니다'라며 돌보는 사람의 고충을 잠깐이라도 헤아려 줄 수는 없을까? 알츠하이머는 완치를 기대하고 병원을 찾는 것이 아니다.

환자를 돌보는 보호자가 난생처음 겪는 혼란과 막막함에 주저앉지 않도록 현 상황을 잘 이해하고 최선의 대비를 하게 하고, 환자를 잘 돌볼 수 있도록 돕는 것 또한 의료진의 역할 아닐까? 마치 선고하듯 '약 처방 외에는 해 줄 수 있는 게 없다'는 말을 듣고 나올 때면, 혼자 점점 더 깊은 굴속으로 빠져드는 느낌이 들었다.

두 분을 계속 돌보다 보니 점점 손과 팔이 아파 힘을 쓸 수가 없었다. 더는 안 되겠다 싶어 아빠와 마주치지 않게 새벽 시간에 엄마를 돌봐 줄 간병인을 알아보았다. 요양보호사센터 원장님에게 연락처를 받아 여기저기 전화했다. 하지만 저녁 시간에 밤을 지내며 엄마를 돌봐 줄 분을 구하기가 생각보다 쉽지 않았다.

 다행히 일해 보겠다는 분들이 있어 면접을 보기 시작했다. 처음 구했던 분은 2주 정도 해 보고는 체력이 안 된다고 그만두셨다. 다시 새로운 분을 구했다. 그분도 우리가 처음이기에 서로 맞추어 가는 기간이 필요했다. 그런데 이분은 낮에 다른 일을 하고 오시는 분이라 늘 피곤해 보였다. 아픈 엄마를 맡기는 순간 돌봄자는 도와주는 분에게 을이 될 수밖에 없다. 그러다 보니 돌봄을 요청하면서도 눈치를 보게 되었다. 이분은 일하는 방식이 나와 너무 달랐다. 서로 절충하고 조금씩 맞추어 가며 일 처리를 내 기준으로만 생각해서는 안 된다는 것을 깨달았다. 얼마 후, 설 명절을 앞둔 시점이었다.

 "설 연휴에 쉬셔야 하는데 죄송합니다. 제가 혼자 부모님을 돌봐야 하는데 하루 오셔서 도와주실 수 있을까요?"

"설 연휴에는 일당이 더 비싸요."

다른 때도 아닌 설 연휴니 보수를 많이 드려야 할 것이라고 예상은 했다. 그런데 생각보다 너무 많은 금액을 말했다. 거의 하루 일당의 2~3배를 달라고 했다. 금액도 부담이었지만 너무 매몰찬 말투에 마음이 상했다. '그냥 내가 하고 말지' 하는 생각에 더는 시간 외 근무를 요청하지 않았다.

이때 처음으로 두 분을 이렇게 집에서 모시는 것이 능사가 아니라는 생각이 들었다.

집에서 아픈 부모님을 모시는 것은 마음과 의지만으로 할 수 있는 일이 아니라는 것을 깨달았다. 아픈 부모를 잘 간호하는 것은 효심만으로 불가능한 일이다. 아픈 사람을 돌보는 것은 전적으로 가족인 돌봄자의 몫이기는 하다. 그렇다 하더라도 사회적 토대가 잘 마련되어야 돌보는 사람이 흔들리거나 방황하지 않고, 다른 사람에게 보호받는 이들을 든든히 지킬 수 있다. 아픈 가족을 돌보는 일은 누구에게나 생길 수 있는 일이다. 개인적 차원을 넘어 사회적 공감대 형성이 필요하다.

빨리 119에 전화하세요!

어느새 2월 설 명절이 다가왔다. 예전에는 친척들이 모여 북적거리고, 음식을 준비하느라 분주하게 지냈다. 부모님이 아프고 제사를 호주에 있는 동생이 모시면서 이제는 명절이 평일과 다름없는 날이었다. 설 연휴에 언니는 시댁에 갔고, 요양사님도 이모님도 저녁 시간에 오시는 선생님도 명절을 지내러 가셨다.

설 연휴 내내 혼자 부모님을 보살펴야 했다. 도와주는 이 하나 없이 온전히 부모님 두 분을 돌보려니 흡사 혼자서 양쪽을 오가며 널뛰기를 하듯이 바빴다. 아침에 먼저 엄마 식사를 챙긴 뒤 바로 아빠 식사를 준비했다. 식사가 끝나면 아빠가 보시도록 TV 골프 채널을 틀었다. 그런 다음 세면

도구와 칫솔을 챙겨 엄마 방으로 갔다.

"엄마, 세수하고 양치할 시간이에요."

수건을 따뜻한 물에 담갔다 짠 후 엄마 얼굴을 천천히 닦아 드렸다.

"얼굴 건조하면 안 되니까 스킨이랑 로션도 찹찹."
"세수 다 했으니 눈 뜨시고, 치카치카 하게 아~ 하세요."

엄마는 마치 아기처럼 입을 벌리고 전동칫솔의 움직임에 맞추어 가만히 계셨다. 나는 엄마 입속을 들여다보며 앞뒤 구역을 나누어 이를 닦았다.

"이제 헹궈야 하니까 우물우물하고 여기 뱉으세요. 시원하게 잘 뱉으셨네. 개운하세요?"
"어."

이제 TV를 보던 아빠를 모시고 안방 욕실로 간다. 미리 준비해 준 의자에 앉혀 드렸다.

"세수해야 하는데 직접 하실래요? 아니면 제가 해 드려요?"

거울을 보기만 하고 아무 말이 없으셨다. 잠시 침묵 속에서 아빠는 거울 속의 자신을 보고, 나는 그런 모습을 옆에서 지켜 보았다. 세수하는 법을 잊어버린 것일까? 아니면 기운이 없어 의지가 없는 걸까? 알 수가 없었다. 어느 순간 이런 상황이 자연스럽게 일상이 되어 버렸다.

"안 되겠다. 내가 해드려야겠네. 눈부터 감으세요."

미지근한 물을 받아 얼굴을 적신 후에 클렌저로 닦기 시작했다. 그런데 생각보다 내 손에 느껴지는 아빠의 피부가 너무 부드러웠다.

"피부가 너무 매끄러운데요. 저보다 피부가 더 좋으세요. 아직 눈 뜨지 마세요. 눈 뜨면 따가워요."

"세수 다 했어요. 얼굴 당기지 않게 로션 바를게요. 찹찹찹. 세수는 내가 해 드렸으니 양치는 스스로 하기로 해요. OK?"

치약을 짠 칫솔을 드리니 천천히 이를 닦기 시작했다.
"이제 좀 쉬세요. 잽싸게 설거지하고 올게요."
"알겠다."

일단 두 분의 식사와 세수, 양치는 끝났다. 그리고 쉴 수 있도록 침대에 눕혀 드렸다. 앞에 놓인 수많은 허들 중 겨우 한두 개 뛰어넘은 기분이었다. 경험은 없지만 아이를 키우는 엄마가 아이가 잠들 무렵 서둘러 집안일을 하는 느낌이 이렇지 않을까 싶었다.

부엌으로 오니 이리저리 설거지가 산더미다. 미루면 더 하기 싫으니 재빨리 설거지를 마쳤다. 매일 세 번씩 식사를 차리다 보니 예전에 "아침 먹고 뒤돌면 점심, 점심 먹고 뒤돌면 저녁, 그러면 하루가 다 가"라던 친구 말이 생각났다.

아침이 지나면 어느새 점심 준비할 시간이 되어 있었다. 두 분 점심을 각각 챙겨 드리고 치우고 시계를 보면 어느새 저녁을 준비할 때가 되었다.

매일 세 번씩 이렇게 하다 보니 밤이 되면 소금에 절인 배추처럼 숨이 다 죽고 축 늘어져 버렸다. 밤 10시가 되면 더는 버틸 수 없어 침대에 뻗었다. 이렇게 피곤하면 베개에 머리가 닿는 순간 바로 잠들어야 하는데 그러지 못했다. 몸은 너무 피곤해서 쓰러져 있는데, 되려 정신은 말짱해 잠이 오지 않았다. 과연 이 생활을 얼마 동안 버틸 수 있을까? 잠을 이룰 수가 없었다. 정신건강의학과에서 처방받은 항우울제를 삼켰다. 약을 먹고도 한참을 뒤척인 후에야 겨우 잠이 들었다.

명절 기간에 아빠가 식사를 잘 못하시고 거의 누워만 계셨다. 숭늉을 만들어 드려도 거의 넘기지 못하는 상태가 되었다. 힘들면 응급실에 가자고 해도 괜찮다고 안 간다고 하셨다. 다음 날 아침, 아빠는 거의 일어나지도 못하고 숨소리가 거칠었다. 따뜻한 물을 드리면 드시자마자 바로 설사

하는 지경에 이르렀다. 설날 연휴가 끝나고 요양사 선생님
이 오셨다.

"아빠가 물을 드셔도 바로 설사하세요."
"따님, 아무래도 아버지가 상태가 많이 안 좋으시네요. 엄
마 쓰시던 산소포화도 기계 있죠? 그거 가져와 보세요."

산소포화도 기계를 아빠 손에 꽂았더니 평소 95% 이하로
떨어지면 안 되는 산소포화도가 70%까지 떨어져 있었다.

"따님, 빨리 119에 전화하세요!"

즉시 119 구급대에 전화했고 구급대원이 도착했다.

"어르신 언제부터 이렇게 상태가 나빠지셨죠?"
"오늘 아침부터요. 산소포화도가 너무 낮아요."

구급대원은 먼저 산소호흡기를 아빠에게 달아 드렸다.

"응급실로 모셔야겠습니다. 어르신 덮어 드릴 담요, 슬리퍼, 물 등 간단하게 챙기시고 같이 병원으로 가세요."

우리는 바로 성모병원 응급실로 갔다. 당시 코로나19로 방역이 철저한 때라 보호자는 한 사람만 들어갈 수 있어 내가 아버지를 모시고 응급실로 들어갔다.

아빠는 중환자실로 옮겨졌다. 눈은 뜨고 있지만 초점이 없었다. 그나마 바로 산소호흡기를 착용해 숨은 편하게 쉴 수 있었다. 이후 채혈하고 수액을 꽂았다. 그런 다음 병원 여기저기 이동하면서 엑스레이, CT 등을 찍었다. 여러 가지 검사를 마친 후 마지막에 요추천자라는 검사를 했다. 허리 척추에서 척수액을 채취하는 검사였다. 누구에게 묻고 선택할 상황도 아니었고, 할 수 있는 검사는 모두 다 받고 싶었다.

엄청나게 큰 바늘을 마취 없이 척수에 꽂아 척수액이 나올 때까지 기다려야 한다고 했다. 의사 선생님이 환자분이 힘들 수 있다고 경고하듯 설명했다. 아빠를 움직이지 못하게 끌어안았다.

"환자분 검사 중에 움직이면 안 됩니다. 큰일 납니다. 보호자는 환자분 꼭 잡고 계세요."

어마어마한 크기의 바늘이 허리를 찔렀다. 바늘이 들어가는 순간 악 소리를 내고 고통에 표정이 일그러졌다. 흠칫 놀라 몸을 움직이려고 하기에 나는 아빠를 더 세게 끌어안았다. 몇 번의 시도 끝에 바늘을 꽂았고 척수액을 뽑기 시작했다.

"죄송해요. 조금만 기운 내요. 아프게 해 드려서 미안해요."

꽤 오랜 시간이 지난 뒤 검사할 수 있을 만큼의 척수액을 뽑았다.

할 수 있는 검사는 다 받게 하고 싶었던 과욕을 버렸다면 아빠가 덜 힘들었을 텐데, 지금도 말할 수 없이 미안한 마음뿐이다. 검사가 끝난 뒤에도 계속 아빠 손을 잡고 있었다. 자정이 지나고부터 조금 안정되었는지 겨우 편하게 눈을 감고 주무시기 시작했다. 가져간 목도리로 눈을 가려 전등 불빛을 막았다. 그날 밤을 꼬박 새우며 아빠 침대 옆 의자에 앉아 대기했다. 이미 지칠 대로 지쳐 체력도 바닥이었고 아무것도 먹지 않았는데 어떻게 꼼짝도 하지 않고 버틸 수 있었는지 지금도 의문이다. 하늘이 마지막까지 힘을 낼 수 있게 도와주었다는 생각이 든다.

중환자실에 있는 동안 옆자리에 있던 분이 운명하셨는지 가족들의 흐느낌이 들리고 침대가 응급실을 빠져나가는 것이 보였다. 그 모습을 보니 더 불안해져 아빠 손을 세게 꽉 잡았다.

"기운 내세요. 제발 기운 내세요."

다음 날 아침, 검사 결과가 나왔다. 폐렴이 있다고 했다. 그러나 폐렴으로는 성모병원 같은 상급병원에 입원할 수 없다고 했다. 상급병원 이하 병원으로 전원해 그곳에서 치료받으라고 했다.

아픈 사람을 두고 뭐 이런 일이 다 있나 싶었다. 성모병원에서 제안한 병원은 용산 근처의 병원이었지만, 엄마도 보살펴야 하는 상황이라 집 근처에 있는 요양병원으로 아빠를 모셨다.

PART 5.
이제 혼자 남았다

아빠 손을 놓아 버렸다

앰뷸런스에 아빠를 모시고 요양병원으로 가는데 다행히 한층 편안해진 얼굴로 주무셨다. 이제 조금 안정되었나 싶어 손을 꼭 잡고 아빠 귀에 대고 계속 속삭였다.

"아빠, 사랑해요."

"아빠, 기운 내세요."

"아빠, 재아가 옆에 있어요."

청각은 가장 마지막까지 기능하는 감각이라고 들었다. 사랑하는 사람과 헤어질 때 아름다운 말만 들려 드리고 싶었다. 주무시고 있지만 이 말을 꼭 들으셨으리라 믿는다.

그사이 요양병원에 도착했다. 코로나19 시국이라 병실 안에는 들어가지 못하고 밖에서 주무시는 얼굴만 보고 나왔다. 이것이 생전 마지막 모습이 될 줄이야.

그때는 이런 사실을 전혀 몰랐다. 그저 병원에 아빠를 버리고 가는 것 같아 발걸음이 떨어지지 않았다. 건물 밖에서 한참 서성이다가 엉엉 울면서 집으로 돌아왔다. 집에 와서도 미안한 마음을 주체할 수 없어, 방바닥에 무릎을 꿇고 엎드려 쉬지 않고 목 놓아 울었다.

"죄송해요. 제가 끝까지 돌봐 드리지 못해 너무너무 죄송해요."

한동안 아빠를 버리고 온 듯한 죄책감에서 벗어나지 못했다. 태어나서 지금까지 아빠는 내 손을 놓은 적이 단 한 번도 없었는데, 내가 먼저 손을 놓아 버린 것이다. 모든 것이 나 때문인 것 같아 자신을 탓하며 하루하루를 보냈다.

요양병원에 모신 뒤부터는 핸드폰을 손에서 놓지 못했다. 요양병원 전화번호가 뜨면 가슴이 철렁하면서 혹시 무슨 일이 있는 건 아닌지 걱정이 앞섰다. 손을 벌벌 떨며 전화를 받았다. 통화하며 현재 상태가 어떤지 전해 들었고, 가끔 병원에서 보내오는 동영상을 통해 간접적으로 아빠를 볼 수 있었다. 하루는 주치의 선생님과 통화했다.

"아버님이 원래도 많이 주무시나요?"

"근래 몸이 쇠약해지셔서 평소보다 많이 주무시긴 해요. 건강은 어떠신가요?"

"잠을 많이 주무시고, 식사는 콧줄을 통해 하고 계세요. 눈에 띄는 호전은 없고, 또 악화도 없이 처음 입원하셨을 때처럼 같은 상태를 유지하고 계세요."

전화로 소식을 들을 때마다 빨리 코로나19가 잠잠해져 아빠를 직접 볼 수 있으면 좋겠다고 생각했다. 그러면서 한편으로는 차도가 없다 소식에 불안한 마음을 떨쳐 내지 못했다. 아빠가 나한테서 조금씩 멀어져 가고 있다는 걸 희미하게 느낄 수 있었다.

아빠의 유언

불안한 날의 연속이었다. 그러던 어느 날 저녁 요양병원에서 전화가 왔다. 느낌이 좋지 않았다.

"혹시 무슨 일 있나요?"

수화기 너머로 간호사 선생님의 다급한 목소리가 들려왔다.

"아버님 심박수가 계속 떨어지고 있어요. 빨리 병원으로 오세요."

순간 머리가 핑 돌면서 심장이 심하게 뛰기 시작했다. 손이 부들부들 떨렸다. 언니에게 전화하는데 손 떨림이 멈추질 않았다. 나, 언니, 형부는 요양병원으로 향했고, 길이 계속 막히자 언니와 나는 차에서 내려 병원을 향해 뛰었다. 1층에서 있던 직원은 코로나19 시국이라 방호복을 입어야 면회가 가능하다는 소리만 했다. 계속 시간이 지체되자 더는 참지 못하고 절규하듯 외쳤다.

"아버지가 위독하다는 연락을 받고 왔어요! 빨리 올라가게 해 주세요!"

드디어 방호복으로 갈아입고 병실로 들어갔다. 하지만 이미 심정지가 와 돌아가신 상태였다. 우리는 아빠의 임종을 지키지 못했다.

아빠 얼굴은 다행히 편안해 보였다. 손을 잡아 보고 얼굴도 만져 보고 발도 만져 보았는데 아직 따뜻했다. 지금 이 상황이 현실이 아닌 것 같았다. 평소처럼 주무시고 있는 것 같았다. 의사 선생님이 사망 선고를 하자 그제야 실감이 났다.

"사망 시간은 2020년 2월 ○○일 21시 11분입니다."

덤덤한 의사의 말투가 속에서 맴돌며 나를 짓누르기 시작
했다. 사랑하는 아빠가 내 곁을 떠났다. 우리는 아빠의 시
신을 성모병원에 모셨다.

아빠는 생전에 아래와 같이 유언을 남기셨다.

숨 끊어 지면
성모병원 구급차 불러 검시 후 (사망 확인) 냉동실에 입고
아침 되면 장의사 불러 내가 즐겨 입던 옷으로 수의 삼고
입관 후 화장장으로 직행 (화장 신청)
가루가 되면 용기에 담아 산에 뿌려 날아가도록
(우주여행이 되는 것)
이후 나를 찾는 전화가 오면 죽었다는 소리 말고
멀리 여행 갔다고 해라.

아빠 뜻에 따라 빈소도 차리지 않고 장례식도 하지 않으
려 했다. 하지만 작은아버지들이 장례는 꼭 치러야 한다고
만류해 장례 절차를 밟았다. 아빠는 조용히 멀리 떠나듯 세

상과 이별하려 하신 것 같았다. 고인의 마지막을 보러 많은 분이 찾아왔다. 유언을 따르지 못해 죄송했지만, 작은아버지들의 말씀을 따르길 잘했다는 생각이 들었다.

  평상시 즐겨 입으시던 옷으로 수의를 했다. 겨울에 유달리 추위를 많이 타셨기에 속옷에 내복, 양말, 셔츠, 스웨터까지 잘 챙겨 가 끝까지 멋진 모습으로 만들어 드렸다.

  입관 후 마지막 인사를 하러 갔다. 병원에서 잘랐을 유난히 짧은 머리가 어색했지만, 편안해 보였다. 그런데 입술이 다 터서 각질이 일어나 있었다. 이런 적이 한 번도 없었는데 하면서 가방에서 립밤을 꺼내 입술에 발라 드렸다. 입관을 도와주시는 분이 얼굴은 만지지 말라고 했지만, 그냥 보내 드릴 수 없었다.

  "이거 립밤이에요. 입술이 다 텄잖아요. 살짝만 바를게요."

  조심스레 립밤을 발라 드렸다. 장례를 치르는 동안 계속 우느라 시간이 어떻게 지나갔는지도 몰랐다. 추모 공원에 들어서자 직원들이 관을 모셔 갔다. 전광판에 이름이 나오고 '화장 시작'이라는 문구가 떴다.

'아, 이제 정말 우리 곁을 떠나시는구나.'

유골이 된 아빠는 커다란 산처럼 든든하게 지켜 주던 모습은 사라지고 작은 봉투 하나에 들어갈 정도로 너무나도 작았다. 유골함에 모시고 함을 만져 보니 따뜻한 온기가 느껴졌다. 요양병원에서 돌아가신 후 마지막으로 아빠 손을 잡았을 때처럼 따뜻했다.

우리는 가족묘에 유골함을 모셨다. 이제 아빠는 내 곁에 없다. 집으로 돌아오는 버스 안에서 더는 아프지 마시고 유유자적 원하던 우주여행 하시라고 속으로 바랐다.

49재를 마치고

서울에 도착하자마자 집 근처 절에 영정사진을 모시고 49재 중 초재를 진행했다. 이후 매주 7일째 되는 날마다 생전에 좋아하셨던 과일, 커피, 차, 샌드위치 등 간단한 음식을 준비해 제사를 올렸다.

요양사 선생님은 49재 동안 같이 절에 가 주셨다. 생전에도 더할 나위 없이 잘해 주셨는데 돌아가시고 나서도 마음을 써 주셨다. 49재 막재 날에는 동생도 호주에서 오고 친척들도 오셔서 아버지를 보내 드렸다. 경전을 읽고 기도하면서 49재를 마치고 나자, 이제는 정말 나를 떠났다는 느낌이 들었다. 지난 49일 동안에는 늘 옆에 있는 것 같았다.

마음이 다 정리되지는 않았지만, 더 놓아주지 못하면 원했던 우주여행을 마음 편하게 못 떠나실 것 같았다. 49재를 마치고 돌아오면서 속으로 인사를 고했다.

'이젠 안녕. 내 최고의 아빠.'

엄마에게는 아빠가 돌아가셨다는 말을 할 수 없었다. 엄마도 건강이 안 좋은데 정신적으로 충격을 받아 상태가 더 나빠질까 봐 걱정되었기 때문이다. 두 분 모두 알츠하이머였지만, 인지 상태는 엄마가 더 좋은 편이었다.

어느 순간부터 아침마다 인사하던 남편이 안 보이고, 호주에 있어야 할 아들이 갑자기 나타나 엄마, 엄마 하면서 챙겨 드리니 분명 이상한 느낌이 들었을 텐데, 단 한 번도 아버지 어디 가셨냐고 물어보지 않으셨다. 그렇게 우리는 서로 모른 척하며 일상으로 돌아왔다.

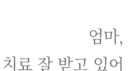

엄마,
치료 잘 받고 있어

지금까지 부모님을 돌보는 일이 많았다. 2005년 엄마는 척수수막종이라는 병을 진단받고 수술 후 3개월 동안 입원하셨다. 공교롭게도 이직하려고 회사를 그만두고 쉬고 있던 시점이라 집과 병원을 오가면서 곁에서 돌보았다. 척추 쪽에 문제가 생긴 것이기에 퇴원 후 재활이 매우 중요했다. 재활의학과가 있는 근처 병원에 주 3회 모시고 다니며 재활치료를 받았다.

이후 다시 취업했고, 회사 다니는 동안에도 엄마는 무릎 관절, 유방암 수술 등 여러 차례 수술을 받았다. 항암 치료를 하는 동안에는 퇴근 후 바로 집으로 가서 엄마를 챙겨 드렸다. 엄마는 머리가 다 빠진 민머리에 앙상하게 마른 모습으로 나를 반겼다.

"저 왔어요. 필요한 거 없어요? 뭐 도와 줄 건 없어요?"
"필요한 거 없어. 너 가서 쉬어."

엄마는 밤에 잠을 잘 못 주무시고 뒤척거리다가 거실에 나와 소파에서 주무시는 때가 많았다. 당시에 나는 아침 6시 반에 출근했는데, 눈 뜨고 일어나면 주무시는 엄마 코에 손을 대고 숨을 쉬는지 아닌지부터 확인했다. 혹시 숨을 안 쉬면 어떻게 하지? 매일 새벽 확인할 때마다 몹시 무서웠다. 주말이 되어도 집에만 있었다. 혹시 아프기라도 하면 아빠와 함께 엄마를 병원에 모시고 가야 한다고 생각했다. 5분 대기조처럼 엄마 곁을 떠나지 않았다.

부모님은 불편한 일이 생기면 나부터 찾았다. 부모님이 편찮으시면 나의 일상이 분주해졌다. 엄마는 여러 차례 수술 이후 점점 몸이 안 좋아지고 자주 넘어졌다. 그럴 때마다 아빠 혼자 엄마를 일으켜 세울 수가 없었다. 그 와중에도 '똑똑' 노크하고 들어와 자고 있던 나를 보며 미안한 표정을 지으셨다.

"엄마가 넘어졌다. 같이 일으켜 세워야겠다."

처음에는 너무 놀라서 후다닥 일어나 아빠와 같이 엄마를 일으켰다. 넘어진 사람을 일으키려면 넘어진 이도 같이 힘을 주어 땅을 딛고 일어나야 한다. 하지만 엄마가 몸에 힘을 못 주니 둘이 힘을 줘야 겨우 일으킬 수 있었다. 그러던 어느 날 엄마가 새벽에 화장실 다녀오다 넘어졌다며 아빠가 나를 깨웠다.

"또?"

나도 모르게 한숨을 내쉬었다. 엄마가 이 모습을 보지는 못했지만 '이래서 긴병에 효자 없다는 말이 있구나'하는 생각이 들었다. 예전에는 저런 말을 들으면 아무리 힘들어도 그렇지 아픈 부모님을 두고 어떻게 저런 말을 할 수가 있냐고 했다. 그런데 막상 닥치니 내 입에서 이 말이 나오고 말았다.

부모님이 아프면 누군가가 돌보는 책임을 져야 한다. 그런데 그 책임은 주로 미혼 자녀가 맡는 경우가 많다. 주변을 살펴봐도 그랬다. 자식이 여럿 있어도 저마다 사정이 있고, 그나마 가정이 부여하는 짐으로부터 자유로운 미혼 자녀가 부모님을 모시는 경우를 많이 보았다. 우리는 삼 남매지만 남동생은 호주에 살고 있어 부모님을 돌볼 수 없었고, 두 자매가 주로 부모님을 돌보았다. 우리는 성향이 너무 달랐다. 게다가 언니는 학교 선생님이라 처지도 달랐다. 그러다 보니 서로 힘들고 지치면서 다툼이 생겼다.

"언니, 퇴근하고 좀 일찍 올 수 없어?"
"나는 뭐 지금까지 놀다 온 줄 알아?"

돌봄자는 종일 정신적, 육체적으로 소모된다. '정말 고되다'라는 말이 저절로 입에서 나온다. 그런 고충을 주변에서 헤아려 주지 않으면 더더욱 힘들어 급기야 우울증이나 깊은 피로감에 시달리기도 한다. 나는 몸이 아프고 지치면서 예민해져 신경이 늘 바짝 곤두서 있었다. 이때부터라도 적극적으로 주위에 도움을 요청해야 했다. 하지만 혼자서 다 처리하겠다며 모든 일을 끌어안고 미련하게 놓지 못했다.

요양사님은 거의 5년 동안 부모님을 위해 애써 주셨다. 워낙에 부지런하고 성실하고 남을 위해 봉사하려고 요양보호사 일을 하시는 분이었다. 다행히 우리 집 근처에 사셔서 출퇴근도 편리했다. 요양사님은 집에서 음식을 하면 꼭 챙겨와 나누어 줄 정도로 배려심이 깊은 분이었다. 평소에도 시간 날 때마다 돌봄 관련 교육을 받았고, 그 내용을 나에게도 알려 주셨다. 나보다 더 정성스럽게 우리 부모님을 돌보아 주셨다. 그러던 어느 날이었다.

"작은 따님, 구청에서 운영하는 노인센터가 있어요. 어머니 장기요양등급 받았으니 노인센터에 대기를 올리는 것도 가능해요. 같이 한번 가 볼래요?"

"…."

"지금 당장은 어머님 건강이 집에서 돌봐 드릴 만하고 나도 오니까 괜찮지만, 혹시 모르니 절대 기분 나쁘게 생각하지 말고 대기 리스트에 올려만 놓아요. 결정은 그때 가서 해도 되니까."

  여기서 말하는 노인센터는 어르신을 모시는 요양원 같은
곳이다. 운영 주체가 구청이고 시설이 좋다는 장점이 있다.
요양사님의 제안에 따라 노인센터에 방문했다. '설마 여기
에 모실 일이 있을까?' 하면서 엄마를 대기 리스트에 올렸
다. 이후 아빠도 장기요양등급을 받은 후 혹시나 하는 마음
에 대기 리스트에 같이 올렸다.

  엄마를 대기 리스트에 올리고 5년 뒤, 나는 엄마를 노인
센터에 모셨다. 대기 리스트에 부모님을 올리고 난 후 전혀
기억하지 못하고 있었는데, 어느 날 갑자기 엄마가 노인센
터에 입소 가능하다는 연락을 받았다. 남은 가족들은 입소
를 두고 고민이 많았다.

  엄마는 집에 있기를 원하는데 노인센터로 보내는 미안한
마음, 나도 더 이상 체력이 안 되어 돌보기 어렵다는 현실
적인 이유, 그리고 지금까지 돌봐 주신 요양사님이 손주를
챙겨야 해서 이제 엄마를 보살필 수 없다는 점. 이 모든 것
을 생각하면 엄마를 센터에 모실 수밖에 없었다. 게다가 이

번에 입소를 거부하면 앞으로 3년 동안 대기 리스트에 올리지 못한다고 했다.

아빠도 돌아가신 시점에 엄마마저 노인센터에 가면 나 혼자 남는데 앞으로 어떻게 살아야 하지? 의식하지 못한 사이 마음속 깊은 곳에 분리불안이 생긴 것인지 고민이 됐다. 하지만 현실적으로 집에 모실 수 있는 상황이 아님을 인정해야 했다. 만일 적응하지 못하면 다시 집으로 모셔 오기로 하고 노인센터 입소를 결정했다.

우리끼리 입소를 결정하긴 했지만, 엄마에게 어떻게 말해야 할지 엄두가 나지 않았다. 평소에도 요양원에는 절대 가지 않겠다고 강경하게 말씀하셨던 터라 차마 사실을 말할 수 없었다. 우리는 고민 끝에 요즘 몸이 아프니 한동안 입원해야 한다고 말하기로 했다. 구급차를 부른 뒤 엄마를 침대에 옮기면서 말했다.

"지금 많이 아프잖아. 병원에 입원해서 치료받아야 해. 우리 이제 병원으로 갈게."

엄마를 노인센터로 모셨다. 센터 안은 깨끗했고, 시설도 좋고, 도와주는 분들도 친절했다. 구급대원들이 먼저 방으로 모셔다드렸다. 우리는 앞으로 돌봐 주실 분들에게 병력, 복용 약, 컨디션 등 여러 가지를 설명해 드렸다. 그런 다음 방으로 갔다. 막상 방으로 들어가니 뭔지 모르게 안심할 수 없는 불편함이 느껴졌다.

"어머님은 여기 4인실에 모시기로 했어요. 되도록 성향이 비슷한 분들과 같이 지내시게 하려고 이 방으로 정했어요."

갑자기 방에 있던 어르신 한 분이 센터에서 일하는 분을 보자 계속 말했다.
"나 배고파, 나 배고파."

순간 주먹으로 나를 치고 싶은 심정이었다.

'지금 엄마한테 무슨 짓을 한 거지?'

집에서 조용히 누워 계시던 엄마가 받을 스트레스와 피로를 생각하니 이렇게 해도 되는 건지 가슴이 저려 왔다.

"여기 있으면 치료가 더 빠를 거야. 더 좋아져서 집에 올 수 있어."

"치료 잘 받고 있어. 우리 곧 만나." 계속 엄마를 안심시켜 드렸다.

마지막 인사를 하고 나오려는 찰나 엄마와 눈이 마주쳤다. 우리 엄마는 강한 사람이라 우는 일이 거의 없었다. 그런데 그런 엄마의 눈에서 한줄기 눈물이 흘러내렸다. 이제 집이 아니라 여기에 있어야 한다는 것을 이미 알고 계셨다. 아빠를 요양병원에 모시고 오던 날처럼 한동안 엄마를 버리고 왔다는 죄의식에서 벗어나지 못했다.

엄마를 노인센터에 모신 시기가 코로나19 시국이라 면회는 2주에 한 번씩, 20분밖에 할 수 없었다. 면회 신청도 선착순이었다. 면회 신청을 받는 날에는 아침부터 휴대전화에 매달렸다. 코로나19가 조금 잠잠해지면 엄마를 직접 만나 손도 잡고 안아 볼 수도 있었다. 그러다가 다시 심해지면 우리는 센터 안으로 들어가지 못하고 임시로 만든 면회실에서 투명 비닐 너머로 엄마를 봐야 했다.

"엄마 잘 있어? 사랑해."

휴대전화로 목소리만 전달할 수 있었다. 면회가 되지 않는 주에도 틈틈이 엄마가 좋아하는 복숭아, 자두 등을 상자째 사 갔다. 돌봐 주시는 분들에게 전달하며 다 같이 나눠 드시고, 엄마도 챙겨 달라고 부탁드렸다.

"제가 잘 챙겨 드릴게요. 작은딸이 보냈다고 꼭 말씀드릴게요."

과일을 드시면서 둘째 딸이 왔다 간 걸 아실까? 좋아하는 과일을 맛있게 드시기만 바랄 뿐이었다.

구청에서 운영하는 노인센터라 여러 가지 행사도 많았고, 자원봉사를 하러 오는 사람도 많았다. 돌봐 주는 분이 많이 계셨고, 다들 전문가라 믿음이 갔다. 직접 가서 보지는 못했지만 여러 가지 활동 사진을 보니 혼자 집에 계시는 것보다는 낫지 않을까 하는 생각도 들었다. 물론 미안한 마음에서 나온 변명이었지만.

시간이 지나자 적응하신 듯 보였고, 갈 때마다 내가 끌어안고 눈물을 펑펑 쏟아도 엄마는 입소 첫날 이후 단 한 번도 눈물을 보이지 않으셨다. 노인센터 분들에게 엄마 상황을 문의하면, 대부분 주무시고 단체로 하는 활동을 귀찮아하신다고 했다.

그때마다 내색은 안 했지만, 미안한 마음을 지울 수 없었다. 엄마를 보낸 뒤 하루도 마음이 편한 날이 없었다. 혹시 안 좋아졌다는 전화가 올까 봐 늘 불안했다. 노인센터에서 잘 지내고 계실지 걱정이 끊이지 않았다.

주민등록증은
가져가도 될까요?

여기저기 아빠의 손때가 묻어 있는 물건들을 볼 때마다 한동안은 그냥 집에 같이 있는 듯한 느낌이 들었다. 안방 문을 열면 계실 것 같고, 서재 문을 열면 책을 보다가 내게 인사를 건넬 것만 같았다.

"이제 들어오니?"

돌아가신 후 여러 가지 행정적인 절차를 처리하면서 아빠의 부재가 현실로 다가왔다. 제일 먼저 요양병원에 수납하러 갔다. 멀리 병원 간판이 보이자 심장이 요동치기 시작하면서 눈물이 주르륵 흘렀다. 1층 안내 데스크에서 병원비

수납하러 왔다고 하니 사무실로 올라가라고 했다.

처음 입원할 때는 더할 나위 없이 친절했던 이들이 눈길 한 번 주지 않고 기계적으로 일을 처리했다. 아빠가 입원할 때 전기면도기 등 개인 물품을 병원에 보냈다. 쓰던 물건을 돌려 달라고 하니 자기들은 받은 것이 없다고 했다. 보내 달라고 해서 보냈더니 이제는 받은 것이 없다니, 너무 황당했다. 이들한테 아빠는 환자가 아닌 단지 돈으로만 보였던 것일까? 그렇지 않아도 서러운데 울컥해진 마음으로 병원을 나섰다.

사망신고는 돌아가신 뒤 30일 이내에 해야 한다. 사망신고를 하면 아빠가 이 세상에서 정말 사라질 것만 같은 느낌이 들었다. 결국 신고 기한을 버티고 버티다가 31일째 되는 날 주민센터에 갔다. 신고 기간보다 하루 늦어 과태료도 냈다.

사망신고 서류를 작성해 제출할 때였다.

"이번에 접수하면 은행, 증권 등 계좌가 다 동결되는데 괜

않으세요? 혹시 사망신고 전에 미리 처리할 일이 있으시면 먼저 한 후에 다시 와서 신고하셔도 됩니다."

그때 처음 알았다.

"아버님 주민등록증은 어떻게 할까요?"
"주민등록증은 가져가도 될까요?"
"네, 그럼요. 가져가세요."

주민등록증을 건네받아 손에 꼭 쥐었다. 지푸라기라도 잡는 심정으로 주민등록증을 보면서 아빠의 흔적을 놓치고 싶지 않았다.

그런 다음, 국민연금 공단으로 갔다. 아빠가 받았던 국민연금은 배우자인 엄마에게 이관된다고 했다. 계속 울면서 이야기하자 담당 직원이 조용히 휴지를 내밀었다.

"제가 잘 처리해 드릴 테니 잠시만 기다리세요."

이 말이 다른 어느 때보다 따뜻하게 들렸다. 지금까지 혼자 여러 가지 일을 처리하는 것이 버거웠나 보다.

아빠가 다니던 주간보호센터에 인사드리러 갔더니 다들 너무 놀라셨다. 센터장님은 "너무 좋은 어르신인데 안타깝네요"라고 말했다. 픽업을 도와주셨던 선생님들도 애도를 표하셨다. 그 외 자주 다니셨던 내과, 정형외과에도 찾아가 감사의 인사를 전했다. 다들 좋게 기억해 주셔서 슬프면서도 고마웠다.

일단은
집에서 나오세요

아빠도 돌아가시고 엄마도 노인센터로 들어가시고 집에는 나만 남았다. 안방에 들어가 아빠 침대 위에 한참 누워 있기도 했다. 의료용 침대가 빠져나간 엄마 방은 유난히 휑하고 넓어 보였다. 거실의 소파도 유난히 커 보이고, 주방에는 앉아 있는 사람이 없는 빈 식탁과 의자만 남아 있었다.

'이 집에서 움직이는 건 나밖에 없구나.'

처음에는 집에 아무도 없다는 것이 실감 나지 않았다. 한동안 밖에 나가질 않았다. 침대에 계속 누워만 있었다. 우울증이 심해지면 침대 밖에 나가지도 못하고 집 밖에도 못

나간다는 말을 들은 적이 있는데, 그 말이 너무나 가슴에 와닿았다. 몸을 움직이려 해도 끊임없이 눈물만 나고 일어날 수 없었다. 주위 사람들이 집에만 있지 말고 친구도 만나고 밖에도 나가라고 말해 주었다. 하지만 그 말을 듣고도 밖으로 나갈 수 없었다. 몸이 움직이지 않았다. 면회하는 날에만 겨우 정신을 차리고 나가 엄마를 보고 오는 것이 유일한 외출이었다.

  이제는 챙길 엄마도 집에 안 계시고 나밖에 없는데, 몸이 움직이지 않았다. 계속 눕고 싶고, 멍하니 침대 속에만 있었다. 엄마를 노인센터에 보내고 두 달 정도 아무것도 하지 않고 지냈다. 한참을 그렇게 먹지도 않고 잠도 제대로 안 자고 지내다 보니 스스로 폐인이 되어간다는 생각이 들었다. 정말 이러다가는 큰일 날 것 같았다. 그때부터 우울증을 치료하기 위해 다시 정신건강의학과를 찾았다.

  잠을 제대로 자고 우울한 기분을 떨쳐내기 위해 항우울제를 처방받았다. 그동안 부모님을 돌보느라 아팠던 손목과 손가락을 치료하고자 정형외과도 가고 한의원도 다녔다.

한동안 쉬었던 운동도 새로 시작했다. 혼자 힘으로는 운동할 수 없을 것 같아 PT를 받기로 했다. 선생님은 부모님을 돌볼 때부터 나를 가르쳤던 분이다. 이미 사정을 잘 알고 계셔서 조금 편한 마음으로 첫발을 내디딜 수 있었다. 몇 달 만에 센터에 가니 트레이너 선생님이 반겨 주셨다.

"용기 내서 잘 나오셨어요. 처음부터 운동해야지 하는 부담 갖지 말고, 몸을 천천히 움직여 본다고 생각하세요."

말이 운동이지 센터에 가도 우는 날이 대부분이었고, 선생님은 내가 울음을 그칠 때까지 묵묵히 기다려 주셨다.

그리고 당부했다.

"센터에 나오는 걸 절대 포기하지 마세요. 한 번 빠지면 점점 더 움직이지 않게 되고, 집에서 꼼짝도 안 하게 됩니다. 꼭 나오세요. 저랑 간단한 스트레칭만 하고 가더라도 일단은 집에서 나오세요."

처음에는 일주일에 두 번 밖으로 나가는 연습이라 생각하고 센터에 갔다. 그렇게 조금씩 슬픔을 극복하기 위한 노력을 시작했다.

영정사진

아빠의 49재를 마치고 난 뒤 영정사진을 소각하겠냐고 절에서 물었을 때 사진을 태울 수 없었다. 사진을 태우는 건 저 멀리 떠나보내기로 작정한 듯한 행위로 느껴질 뿐이었다. 한 달 하고도 절반 가까이 지났지만, 아빠가 떠났다는 게 실감 나지 않았다. 사진 속 얼굴을 마주하고 있으면, 가까이 있는 것처럼 느껴졌다. 이렇게라도 붙잡고 싶었다. 49재가 끝나고 집으로 영정사진을 모셔 와 벽에 걸어 두었다.

지금도 가장 선명하게 기억하는 아빠는 영정사진 속의 모습이다. 사진 속에서 아빠는 단정한 모습으로 입가에 잔잔한 미소를 머금고 있었다. 돌아가시기 몇 달 전부터 건강이 악화하면서 몸은 비쩍 말라 갔고 얼굴도 핼쑥해졌다. 게다가 요양병원에서 머리를 짧게 잘라 놓은 탓에 연세보다 10년은 더 나이 들어 보였는데, 그 모습은 애써 기억하지 않는다. 좋은 모습만 담아 두고 싶으니까.

아빠의 영정사진은 슬픔이 아니라 의지할 수 있는 마음의 안식처였다. 돌아가시고 한동안 집에서 누워만 있고 밖에 나가지도 않았다. 일주일 넘게 누구와도 말 한마디 하지 않고 지내기도 했다. 그러다가 조금씩 아픔을 극복하기 위해 영정사진을 보고 대화를 시작했다.

"저 지금 나가요. 다녀오겠습니다."
"저 들어왔어요."

그렇게 말을 건네고 사진을 바라보고 있으면, 저 멀리 어딘가에서 아빠 목소리가 들리는 듯했다. 그 희미한 연결감을 붙잡고 있는 것만으로 마음이 조금 나아지는 듯했다. 두 달이 지나고 나서야 친구들을 만나기 시작했다.

"오늘 친구 만나서 맛있는 것 먹고 왔어요. 고마운 친구들이에요."

아빠를 그리워하면서도, 한편으로 시시콜콜한 일상을 들어줄 누군가가 필요했던 것 같다. 나 자신을 쓸쓸하게 내버려두지 않으려고 사진을 보며 계속 말을 건넸다.

그렇게 조금씩 일상의 조각을 맞춰 나갈 즈음, 노인센터에 계시는 엄마가 코로나19에 걸렸다. 엄마는 노인센터를 나와 코로나19 전문 병원에 입원했다. 이 소식을 듣고 영정사진을 보며 분통을 터뜨렸다.

"엄마가 코로나19에 걸렸어요. 어르신들이 모인 곳일수록 방역에 더 신경 써야 하는 거 아니에요?"

상태가 궁금해 병원에 찾아갔지만, 엄마는커녕 의사조차 만날 수 없었다. 아무 설명도 듣지 못한 채 집으로 돌아왔다.

"코로나19 시국이라 엄마는 못 만난다 해도 의사는 만나게 해 줘야 하는 거 아니에요?"

"정말 너무해요. 아픈 사람이 있는 가족들 마음은 전혀 생각해 주지 않아요."

이후 요양병원으로 엄마를 모셨고, 2주에 한 번 면회하고 집으로 돌아와 영정사진을 보고 목 놓아 울며 하소연했다.

"엄마가 지금 많이 아파요. 도와주면 안 될까요?"

"아빠가 돌아가신 것도 아직 실감 나지 않는데, 제발 엄마까지 빼앗아 가지 마세요."

무슨 일이 생길 때마다 영정사진 앞에서 얼굴을 마주하며 혼자 주저리주저리 떠들었다. 어딘가 매달리고 싶은 마음에 돌아가신 아빠의 영정사진을 보며 의지했다. 애원하는 듯한 눈빛으로 말하고 한동안 그 잔잔한 미소를 말없이 쳐다봤다. 그러면 알 수 없는 안도감이 내 안에 퍼지곤 했고, 가까이 계시는 듯했다. 텅 빈 방에 따스한 햇살이 빗금 치듯 들어오고, 등에 잔잔한 온기가 스며들었다. 방 안에 감도는 미온의 공기처럼, 볼 수 없지만 내 일상을 감싸는 무언가가 분명 존재했다.

아빠는 유언을 남기며 우주여행을 떠난다고 하셨다. 우주 여행이라. 우주에는 삶의 중력이 작용하지 않는다. 삶의 무 게가 사라진 채 저 하늘 어딘가에서 홀가분한 여행을 즐기 실 모습이 떠올랐고, 그러자 미안함이 몰려왔다. 틈만 나면 의지하다 보니 마치 내가 아빠를 이승에 붙잡아 두고 있는 듯했다. 우주여행을 하셔야 하는데, 이승을 잊고 여행을 떠 나시려 하는데 하도 내가 찾고 불러대는 통에 마음 편히 여 행도 못 하실 것 같았다.

그런 내 모습을 보고 친구들은 종종 말했다.

"아빠 그만 좀 불러."
"너 때문에 속 편히 쉬지도 못하시겠다."

여러 번 들었지만, 놓아줄 결심을 하지 못했다. 그러던 중 2020○년 8월에 엄마도 돌아가셨다. 아빠가 돌아가시고 1 년 6개월 만이었다. 엄마의 49재를 지내고 난 뒤 부모님 두 분의 영정사진을 모두 소각했다.

"이제 두 분 하늘에서 만나셨을 테니 같이 우주여행 하세요."

"더는 안 부를 테니, 여기는 다 잊고 편히 쉬세요."

영정사진을 모두 소각한 후로는 부모님을 찾지 않는다. 육신의 고통 없이 저 멀리서 편안하게 쉬고 계실 두 분을 그리며, 마음속으로 희미한 연결감을 붙잡고 살고 있다. 하늘 어딘가에서 나를 지켜보고 계실 거라고 믿으면서.

유품 정리

　아빠가 돌아가시고 5개월이 되어 가는 시점에 어느 정도 마음이 잡히고 몸도 회복되어 유품을 정리하기로 했다. 남겨진 유품을 쓰레기처럼 버리긴 싫었다. 여기저기 알아보고 유품을 소각해 주는 곳을 찾았다. 정리해서 상자에 넣어 포장해 두면 집으로 와서 가져간다고 했다. 그때부터 조금씩 정리하기 시작했다. 늘 깔끔하셨던 모습을 생각하며 옷 하나하나 가지런히 접어 상자에 담았다. 속옷은 속옷대로, 신발은 신발대로 각각 나누어 정리했다. 서류와 메모지 한 장까지 꼼꼼하게 챙겨서 한 가지도 쓰레기로 버리지 않았다.

　유품을 정리해 주는 곳에서 고인이 저세상에서 입으실 옷을 따로 준비해 소각하는 분도 있으니 원하면 준비하라고 알려 주었다. 평소에 가장 좋아하셨던 멋진 슈트에 와이셔츠, 속옷, 넥타이, 벨트, 모자, 손수건, 지갑, 구두까지 다 챙겨 넣었다.

'아빠, 제 꿈에 나타날 때는 꼭 보내 드린 옷 입고 오세요.'

정리하는 중에 아빠가 소중하게 싸 둔 보따리가 베란다, 침대 밑, 옷장 안 여기저기서 끊임없이 나왔다. 얼마나 불안했으면 이렇게 짐을 싸 놓으셨을까? 눈치도 없이 그런 아빠의 마음은 전혀 알지 못하고 "짐 싸서 어디 가시려고요? 어디 혼자 도망가려고 하는 것 아니에요?" 하며 말도 안 되는 소리를 했을까. 보따리를 볼 때마다 눈물이 쏟아져 제대로 정리할 수가 없었다.

정리하는 중간에 빔프로젝터와 슬라이드 사진 상자가 나왔다. 우리가 어렸을 때 아빠는 우리 모습을 필름 카메라로 찍고 한 장 한 장 슬라이드 사진으로 만들어 네모 상자 안에 넣어 보관하셨다. "아빠, 우리 사진 보여 주세요" 하고 조르면, 방 안에 불을 끄고 슬라이드 쇼를 보여 주셨다.

어릴 때 언니와 내가 그네를 타고 있는 사진, 온 가족이 단풍 가득한 나무 아래에서 함께 찍은 사진, 우리 삼 남매가 바다에서 튜브를 타며 즐겁게 웃고 있는 사진 등이었다. 옛 추억을 떠올리는 사진이었다. 이걸 보니 또 아빠가 생각나 참았던 울음이 다시 터졌다. 그리고 한동안 그치지를 못했다.

엄마 아빠 딸이어서
행복했습니다

아빠가 돌아가신 지 벌써 3년이 되었다.

시간이 참 빨리도 흐른다. 지난 202○년 8월 엄마가 하늘로 떠나시고 1년이 지났다. 말 그대로 혼자가 되었다. 아빠의 장례를 치르고 나니 엄마는 좀 더 차분하게 보내 드릴 수 있었다. 49재를 마치고 부모님의 영정사진도 같이 보내 드렸다. 이제 두 분이 만나셨을 것이고, 아프지 않고 편하게 잘 지내실 것이라 믿고 있다.

조금 좋아지는 것 같던 내 건강은 엄마가 돌아가시면서 다시 나빠졌다. 우울증도 더 심해졌다. 기운을 내려 해도 몸이 움직이지 않았다. 하지만 더는 이렇게 지낼 수 없기에 엄마의 유품을 정리하기 시작했다. 아빠 때와 마찬가지로 천천히 조금씩 정리해 나가기 시작했다. 엄마의 유품도 소각했다. 그리고 부모님이 쓰시던 가구도 정리했다. 차츰차츰 몸을 쓰고 청소하고 정리하면서 마음을 다시 잡아 가고 있다.

지금도 길거리를 지나다가 어르신들이 보이면 다 우리 부모님 같고, 지금 두 분이 내 옆에 계시면 얼마나 좋을까 하는 생각이 든다. 하지만 마음을 다해 부모님을 챙겼기에 후회가 남거나 아쉬운 마음은 없다. 어쩌면 지금처럼 내 마음 편하겠다고 그렇게 열과 성을 다해 모셨는지도 모르겠다.

나에게 가장 소중한 두 분을 하늘로 보낸 뒤 세상을 보는 눈이 좀 바뀌었다.

미혼에 자식도 없지만, 간접적으로나마 부모님을 돌보면서 부모의 마음을 조금이나마 알 수 있었다. 부모님을 돌봐 드리기 시작하면서 나는 늘 '미안합니다', '죄송합니다', '실례합니다', '고맙습니다', '감사합니다' 등을 입에 달고 살았다.

거동이 불편한 부모님이 차에서 내리려면 시간이 걸리는데, 그걸 못 기다리고 경적을 울려대는 차를 향해 잠시만 기다려 달라는 제스처를 취하면서 연신 '미안합니다, 죄송합니다'를 외쳤다. 휠체어 탄 부모님을 모시고 길을 나서면 인도에서 공간을 많이 차지하기에 주위에 양해 구하는 것이 자연스레 몸에 뱄다. 돌봄을 통해 배려와 감사를 배운 것이다.

하지만 기꺼이 마음을 내어 도와주는 분들이 있는가 하면, 자신의 불편함에 불만을 먼저 표하는 사람들도 있었다. 이들을 보며 돌봄이라는 것이 사회적으로 이해받는 분위기가 필요하다는 생각이 들었다.

부모님이 돌아가신 이후 건강을 회복하기 위해 노력하고 있다. 일주일에 두 번씩 트레이너 선생님과 함께 운동하고, 나머지 날에는 걷기 등을 한다. 선생님의 도움을 받아 운동하다 보니 조금씩 체력이 회복되는 것을 느낀다.

"회원님, 이제 조금 중량을 올려서 운동하겠습니다."

예전의 나는 먼저 움츠러드는 경향이 많았다.

"선생님, 아직 무리이지 않을까요?"

이제는 선생님이 말하기 전에 앞서 중량을 올려 보자고
제안한다.

"회원님, 괜찮으시겠어요?"

선생님이 중량을 하나 추가해 주셨다. 처음 한두 세트는
잘하다가 마지막 세트에서 힘이 빠져 선생님이 옆에서 도
와주셨다.

"제가 저 자신을 모르고 탐욕을 부린 것 같아요."

"아니에요, 잘하셨어요. 천천히 하면 됩니다. 의지를 가지고 시도하는 노력이 중요합니다."

바이크를 처음 타겠다고 했을 때 반대하지 않고 지지해 준 분도 트레이너 선생님이다. 요즘은 바이크를 잘 타기 위해 코어와 하체 위주로 운동을 하고 있다.

"회원님, 바이크 잘 타고 싶으시죠? 바이크도 체력이 있어야 잘 탈 수 있어요. 밥 잘 드시고 운동 열심히 해요. 아시겠죠?"

"네, 바이크를 잘 타기 위해서!"

요즘은 바이크가 열심히 운동하게 만드는 동기가 되고 있다. 작년 봄부터 바이크 라이딩을 시작했다. 엄마가 돌아가시고 우울증이 심해지면서 침대에 누워만 지내다가 우연히 바이크 동영상을 보게 되었다. 한참 멍하니 보다가 어느 순간 나도 모르게 동영상에 빠져들었다. 거침없이 자연 속에서 바람을 가르며 달리는 모습을 보니 속이 확 트이는 느낌이 들었다.

　부모님이 돌아가시고 난 뒤 아무 의욕이 없었는데, 그 영상을 보는 순간 속에서 뭔가가 꿈틀거렸다.

　"나도 한번 타 볼까?"

주위에서는 하필 위험하게 바이크를 타려고 하냐며 말렸다. 하지만 점차 친구들도 무언가 하려는 의지가 생긴 것만해도 다행이라며 응원해 주기 시작했다. 배우고 싶고, 즐겨보고 싶고, 시도하고 싶은 게 생겼다는 것은 나에게 좋은 신호였다. 일상을 방치하지 않겠다는 의지로 핸들을 잡고삶에 시동을 걸기 시작했다.

2종 소형 면허를 딴 뒤 라이딩 스쿨에 갔다. 나름 운동신경이 좋다고 생각했는데 처음 테스트 라이딩을 해 보니 예상보다 너무 못 탔다. 강사님이 라이딩 감각이 남들보다 많이 떨어진다고 했다. 감을 익히는 데 남들보다 시간이 오래걸릴 거라고 했다. 강사 한 분이 전담해서 지도해 주었다.

5월, 갑자기 더워진 뜨거운 날씨에 강사님은 내 뒤를 따라 달리며 지도해 주셨다.

"선생님, 제 뒤에 계시죠? 저 두고 그냥 가시면 절대로 안 돼요."
"걱정하지 마세요. 저 뒤에 있습니다."

계속 강사님을 찾으면서 연습을 이어 갔다. 뒤에 강사님이 있다고 믿으면서 조금씩 속도를 올리면서 연습했다. 도착 지점에 도착한 순간 깜짝 놀랐다. 내 뒤에 있을 줄 알았던 강사님이 도착 지점에 계시는 것 아닌가?

"자, 이제 천천히 정지할게요."

"선생님, 뒤에 계셔야지 왜 여기 계세요?"

"혼자서도 잘 타시길래 따라가지 않고 지켜보고 있었어요."

"저 혼자 타고 온 거예요?"

"그럼요. 혼자서 해낸 거예요. 너무 잘해서 안아 드리고 싶을 정도로."

  그 말을 들으니 그동안 걱정했던 마음이 다 사라지는 것 같았다. 나도 모르게 헬멧 속에서 함박웃음을 짓고 있었다. 강습이 종료된 이후에도 따로 남아서 30분 넘게 더 지도받았다.

  강습이 끝나갈 즈음에는 천천히 달려도 앞에서 불어오는 바람을 느낄 만큼 여유가 생겼다.

그 바람은 마치 어릴 적 아빠가 뒤에서 그네를 밀어 주시던 때처럼 청량하고 부드러웠다. 이런 느낌 때문에 사람들이 바이크를 타는구나 싶었다.

형형색색 아름다운 단풍이 우거진 길을 바이크를 타고 달리면서 인생의 새로운 여정으로 나아가려고 한다. 아직은 미래 모습을 구체적으로 그릴 순 없지만, 건강한 삶을 꿈꿔 본다. 내가 생각하는 건강한 삶이란 스스로 돌볼 수 있도록 운동을 하고, 경제 활동을 하고, 좋아하는 취미 생활을 하고, 매사에 긍정적으로 사고하는 것, 주위를 돌아보고 남을 배려하는 것이다.

바이크를 타고 달리며 보는 풍경은 걸으면서 보는 풍경, 차 안에서 보는 풍경과는 다르다고 한다. 아직은 주위 풍경을 둘러볼 정도로 바이크를 잘 타지는 못하지만, 조금씩 천천히 여유를 가지고 즐겁게 타 볼 생각이다. 앞으로 방방곡곡 자연을 느끼며 바이크를 타는 것이 작은 바람이다.

봄이면 흐드러진 벚나무 길을 달리며 공중에 흩날리는 벚꽃잎을 두 뺨으로 느껴 보고 싶다. 가을이면 샛노란 은행나무잎이 무성한 팔을 뒤흔들겠지. 그 극적인 환희 속을 달려 보고 싶다.

아빠가 돌아가신 지 벌써 3년이 되었다.

시간이 참 빨리도 흐른다.
지난 2020○년 8월
엄마가 하늘로 떠나시고 1년이 지났다.

말 그대로 혼자가 되었다.

아빠의 장례를 치르고 나니
엄마는 좀 더 차분하게 보내 드릴 수 있었다.
49재를 마치고 부모님의 영정사진도
같이 보내 드렸다.

이제 두 분이 만나셨을 것이고,
아프지 않고
편하게 잘 지내실 것이라 믿고 있다.

어느 날 아빠가 길을 헤매기 시작했다

초판 1쇄 발행 2025년 5월 8일

지은이 이재아
펴낸이 김수영

경영지원 최이정 · 박성주 마케팅 박지윤 · 여원 브랜딩 박선영 · 장윤희
교정.교열 김민지 편집 디자인 서민지 · 김은정

펴낸곳 담다
출판등록 제25100-2018-2호 (2018년 1월 9일)
주소 대구광역시 달서구 문화회관길 165, 대구출판산업지원센터 402호
전화 070.7520.2645 이메일 damdanuri@naver.com
인스타 @damda_book 블로그 blog.naver.com/damdanuri

ISBN 979-11-89784-62-1 (03810)

도서출판 담다는 생각과 마음을 담은 원고를 기다리고 있습니다. 작가의 꿈을 이루고 싶은 분은 이메일 damdanuri@naver.com으로 출간기획서와 원고를 보내 주세요.

도서출판담다